私の国歌

〔著〕クララ
<Clara>

共同文化社

はじめに

本書は、単に、ドイツと日本の文化の違い、システムの違いなどを比較、説明したものではなく、また、私のドイツ生活における経験談を述べたものでもない。ドイツに住み40年を経過した今、日本で生活した時間をはるかに超えてしまった、私のドイツにおける生涯をなんとか記録化したい、という思いから書きおろしたものである。もし、日本にいる弟、姪、そしてその娘、中学高校時代からの友人たちなどが、いつか本書を手に取ることがあり、26歳で日本を離れ、ドイツに住み着いた姉、おば、友人としての私が、いったいどんな暮らし方をしていたのか、こんなことをして何十年とドイツ生活を送っていたのかと、興味半分にでも読んでくれることがあったら幸せに思う。村上春樹さんの言葉を借りるなら、『自伝的エッセイ』と言えるかもしれない。

「自伝的エッセイ」とはいえ、決して自分自身に焦点を当てたのではなく、私が体験、勤務したいくつかの職場で起こったこと、出会った人に焦点を当て執筆したものである。しかしながら、その場その場で発生した出来事や、出会った人々には常に自分が関わりを持っており、本書の各章に記述されている個々の話は全て事実をもとに書いたものであり、むしろ9

割方、事実そのものを記述した実話集、逸話集と呼んだ方が良いかもしれない。

日本の国籍をもち続けながら、あえてドイツの国籍を取得する必要性を感じることもなく、1年に一度日本へ里帰りし、ドイツでの生活が何十年続こうとも、〝もちろん自分は外見も内面も日本人だ〟と常に認識している自分が、オリンピック競技の表彰式で、表彰台に上がる若年のドイツ人をテレビで見たとき、限りなくいとおしく、我が子のように〝かわいい〟と思い、ドイツの国旗がそろそろと掲げられ、背景に国歌が流れるとき、胸がキューと痛み、やはりドイツ国歌が私の国歌なのだと、心から思わずにいられない状況に至った昨今である。終章〝私の国歌〟で詳細を語りたい。

私の国歌　目次

第4章　職場以外で起こったこと

第5章　ホテル建築に携わる

第6章　年金受給者となった私

終　章　私の国歌

第1章

ドイツ生活の始まり

ミュンヘンでのホームステイ

1979年の秋、オクトーバーフェスト（毎年9月末から10月はじめにかけてミュンヘン市内の広場で開催される世界最大のビール祭りで、多数のテントや移動遊園地などが設置される）の開催時期に、ひとりでミュンヘンへやってきた。外国といえば、ハワイすら行ったことのなかった私であったので、初めてパスポートを作り、日本を出国し、入国した外国がミュンヘンであった。ミュンヘン大学で、外国人のために毎年夏に開催している4週間のドイツ語コースに参加するためであった。

住まいは、ミュンヘン郊外の新興住宅地で、アメリカ人の少し肥満体の二十歳過ぎの女の子とそれぞれ一部屋あてがわれ、ドイツ人ファミリー宅で、私にとって生まれて初めてのホームステイが開始された。

朝、別々に家を出て、市内中心にあるミュンヘン大学へ向かい、別々のクラスでドイツ語を学び、夕方、帰宅するという生活を4週間続けた。10月から始まるミュンヘンから北へおよそ330㎞ほどのところにある、ハイデルベルク大学での外国人専用独文学科の選抜試験への準備でもあった。アメリカ人の同居人は言葉、すなわちドイツ語が大変達者で、会話を絶やすことなく、自分もワハッハと大声で笑い、相手をも笑わせることが得意であった。かたや、日本人の私は、まず、頭の中でこれから自分の口から発しようとする文書を、文法にかなっているかをチェックし、この文章で果たして相手に自分の言いたいことが一回で理解してもらえるものか否かを思考し、場合によっては表現を変えるべく駆使する。人との〝会話〟というものは、会って話す、と書くぐらいなので、顔を見ながら話せばよいのであって、用は言いたいことが相手に通じさえすれば、〝会話することができる〟ということだということを、このアメリカ人を通して学んだのであった。言葉で補えない部分は、顔の表情をもプラスすればよい。ミュンヘン大学のドイツ語コースに行けば、そこにいたアメリカ人の男の子も同じようなもので、文法力は、1から4段階（1が最良、4は最低）のうち4であったが、表現力、聞き取りは1から2であった。日本人の場合はもちろん、その逆のケースが大半である。

よく、言葉は話しながら、聴きながら覚えるものといわれるが、私の場合は、典型的な日本人型頭を持ち合わせていたのか、まずは、文章で書かれたものを目で確認しないと内容が理解できないという節が、特にドイツに来た当初は顕著であった。また、性格的に無口な人は言葉の上達が遅いというのは当たっている。話したい、という欲求がなければ当然口から言語が出てこないので、話す機会も少なくなり、それにより、トレーニング不足となるということであろう。

ある日の午後、オクトーバーフェスト（毎年9月末から10月初めまで開催される世界最大のビール祭りで、特大移動遊園地も設置される）に行こうということになり、ホストファミリーの8歳になる女の子と、同居人のアメリカ人のベッキーと三人で地下鉄に乗り、会場であるウィーゼンへ行った。これが世界的に有名なオクトーバーフェストかと思いきや、当時強く記憶に残ったことが二つある。ひとつは、ジェットコースターなどの乗り物に大人も楽しんで乗っていて、決して子供専用のものでないということを痛感したこと、そして、バナナやりんごを割り箸にさし、チョコレートを厚くからませて、少し冷やし、固まったところで食べるという〝フルーツ菓子〟が、私にはやたらと目についたということである。しかし、これを買って食べる勇気は当時なかったし、考えてみればいまだに食べたことはないと思う。

さて、8歳の女の子のことを回想してみたいが、何分、とてもやきもち焼きで、我々20代前半から半ばの女性が、この子のお父さんと意気投合し、ちょっと話し込んだりしていると、それだけでやきもちが焼けるらしい。かわいそうなので、この夫婦との会話は差しさわりのない程度にしておこうと常日頃から心に決めていた。夫婦は、チェコの出身であり、通常のドイツ人の名前を持たない、ドイツ国籍所有者であった。

昼食は大学食堂などでとり、夕食はホームスティ先で出されることになっていたが、何分にも夕食開始の時間が遅い。下手すると8時半過ぎになる。ご主人が仕事から帰り、奥さんとタバコをふかしながらややしばらく歓談し、夕食のしたくはご主人の役目となっていたらしく、彼がおもむろに、キッチンに立ち、調理を開始し、食卓に食事が並ぶ頃には、かなりいい時間になっている。ドイツ人家庭は一般的に、夕食はカルテスエッセン kaltes Essen（冷たい食事）と聞いていたが、家庭によっては夜、暖かいものを食べる家庭もあるものだ、などと変なところに感心したものだった。出てきた料理は、やはりドイツドイツした、こってりしたカロリー満杯のものであったと記憶している。肉料理が主体であったと思う。私自身は、幸い好き嫌いがなく、かつて食べたことがないものに挑戦してみたいと思う方だったので、これだけはどうしても、喉を通らなかったという食べ物はなかったように記憶している。

私の高血圧はドイツ生活の賜物で、長年、出されるものを感謝し、おいしくいただいているうちに、血圧もこれに比例して上がり、数年前から高血圧の薬を飲み始め、死ぬまで服薬を続ける羽目になった。日本で生活していた頃から、いわゆるこってりしたものが好物で、母の作るシチューや東京の叔母の家を学生時代訪問し、夕飯としてご馳走になった煮込みの肉料理と温野菜の付け合せなどは、心からおいしいと思ったものだった。

いわゆる日本の風情ある、シソ、ゆずなどを使った超日本風料理には昔から関心がなく、食べられないことはないが、私にとって特別感動的食品にはなりえなかった。味噌汁などは、1週間食べなくても平気で、お米も3日食べずとも物足りないとも思わず、実家のある札幌市内のそこそこ名の知れたベイカリーのパンさえあれば満足、というほうであった。挙句の果てに、漬物類に関しては、なぜこんなものでご飯がすすむのか到底理解できず、お茶漬けなどは、90%炭水化物を食べているに過ぎないと考えていた。しかし、ドイツ生活40年を迎える今、フランクフルト市内の日本食レストランで出るたくわんをおいしいと思い、お味噌汁もたまにするとおいしいと思い、お茶漬けも、なかなかヘルシーでいいものだと思うようになったから不思議なものだ。

これらの味覚の変化はすべて、年齢だけに起因するのであろうか。食べ物の話を続けるが、日本にいた頃、目もくれなかった食べ物、たとえばカステラ、ようかん、大福などもこちらフランクフルトでいただくと非常においしく感じるから不思議だ。めったに手に入らない貴重なものである、という意識が味覚を掻き立てるのかもしれない。

ミュンヘンのホストファミリーとは2~3年の間、クリスマスカードの交換などしていたが、そのうち疎遠となった。こうして4週間の語学コースを終え、文法だけは最高点を取り、その年の10月にはハイデルベルクへ移ることになった。

ハイデルベルクでの学生生活

日本で東京の大学を卒業した後1年弱、札幌市内の国立大学の独文科に研究生、聴講生という肩書きで在籍させてもらっていたが、そのうち、就職先にありつき、2年8ヶ月一応サラリーマンをしていたので、ハイデルベルクでは再び学生生活に戻ったことになる。札幌では、自宅から徒歩で通勤できる範囲内にあった、ある医科大学で研究補助員という職種につき、教授秘書のようなことをやっており、土曜日は、自分の卒業した高等学校の生徒二人に英語の家庭教師をし、それなりに気の張る生活をしていた。

ハイデルベルクでの生活が始まったとたん、再び学生の身分に戻ったことになり、寝たいときに寝て、食べたいときに食べるという生活が始まった。体重もあっという間に5kg増え、日本から持参した衣類が合わなくなり、なんと、ドイツの最小サイズのひとつ上のサイズ、すなわち38のサイズのものがぴったり合う羽目になってしまった。ドイツの女性の衣類のサイズは34、36、38、40、42……となっており、当時ミュンヘンなどでは34のサイズの衣類を探し歩き、見つけるのが困難であったのを覚えている。

ハイデルベルクは古都ハイデルベルクと呼ばれ、600年以上の歴史を持ち、チェコのプラハ大学に次ぎ、ドイツ語圏では2番目に古い大学のある町である。主人と出会ったのもこの町で、ある期間、朝食、昼食、夕食の3食を大学の学生食堂でとっていた時期があり、主人も、学生食堂を頻繁に利用していたことから、朝食のヨーグルトなど食べながら歓談しているうちに、気が合ったということであろうか。主人は、最初はミュンスターの大学で法科に入ったが、自分に合わない学部であることを認識し、ハイデルベルク大学の経済学科に転籍した。

私たちが知り合ったときには、経済学科は卒業し、就職先を探しながら、スペイン語の授業に参加し、時間つぶしをしていたようである。ちなみに、ハイデルベルクの通訳、翻訳学科も有名であり、スウェーデン皇室に嫁いだ、今日の皇后シルビアは、ハイデルベルク大学で語学を学んだ後、ミュンヘン夏季オリンピックの際に通訳として仕事をしていたとき、当時若かりしグスタフ王に見初められたことは、周知の事実である。

ハイデルベルクには著名な大学病院、癌研、マックスプランク研究所などがある。医学部も有名である。しかし、ドイツの大学には、日本の大学のように、レベルの差とか、入試のための偏差値の差などで比較し、上下をつけるとか、良い悪いというレッテルを貼るなどということはしない。ただあるとすれば、この大学のこの学科には有名なｘｘｘ教授がいるとか、この大学の物理学科からは、何人ノーベル賞受賞者が出ているとか、という言い方をする程度であろう。このハイデルベルク大学病院と私が35年後に個人的に関わることになろうとは、当時知る由もなかった。

さて、ハイデルベルク大学外国人専用独文科の入試はやはり難関で、最初の挑戦では不合格であった。次回の試験のための準備クラスのようなところへ入れられ、朝から夕方まで、諸外国の外国人と共に、ドイツ語の勉強に励むことになった。ここでも、聞き取りと表現力の弱点を思い知らされ、途中〝日本人の宿命〟とあきらめそうにもなったが、それでも、読み書き、理解力は人並みであり、一部屋の典型的な学生アパートで、宿題をこなすため徹夜まがいのこともして、一学期間、すなわち半年間はそこそこの楽しい学生生活を満喫することとなった。メイン通りの歩行者天国を歩けば知り合いの日本人に会い、ぺちゃくちゃおしゃべりが始まり、一時期は、この遠い外国で自分は果たして何をしてるのか、無駄な時間を過ごしているのではと疑問視することもあったが、私の場合は、大学を卒業することが目標ではなかったので、今の時間を大切にし、吸収できるものはすべて吸収して日本へ持って帰ろう、という方針を新たに定めたものである。

ハイデルベルク大学は、1386年にルプレヒト選帝侯により創立され、正式には「ルプレヒトカールス大学ハイデルベルク」と呼ばれる。なんと創立600年以上の歴史を持ち、3万人以上の学生が登録している。医学部も含めた自然科学の学科、文科系の学科など幅広い分野が網羅されている。

街中のいたるところに、学科が散在しており、これはドイツの大学、特に古い大学の典型的な形態である。フランクフルトなどの100年経つか経たないかの比較的新しい大学は、日本の大学のように、いわゆるキャンパス的な敷地内にある程度の学科が集約されている。文科系は市内のキャンパスにあり、自然科学系は市のはずれのちょっと高台に位置するキャンパスにある。実は、長女、次女とも薬学部であったので、このキャンパスで5年ないし、それ以上の年数の学生生活を過ごしている。ドイツの大学は卒業に至るまで、とにかく時間がかかる。一応、学科により最低限在籍しなければならない期間、すなわち、必要学期数（冬学期は10月~3月、夏学期は4月~9月）が何学期と決められているが、たとえば薬学部などは同時にスタートした学生のうち、滞ることなく最低学期数で単位をすべてとり終わることができるのは1割ちょっとの数の学生に過ぎない。

長女のほうは、うまくこの部類に入り、最低年数の5年、10学期間で国家試験（第1、第

2、第3国家試験）をクリアにし、最短距離で学生生活を終了することができた。次女はこの優秀グループの仲間入りをすることはなく、こまめにヒトの世話を焼きながら、最短距離を数年オーバーし卒業することになった。次女は、同じ学科の友人にノートを貸し、試験直前にそのノートを自分も必要とすることが判明し、あわてて返却を求めるために電話しまくる、というタイプであった。この性格は幼稚園、小学校時代から変わらず、大学を出るまで非常に社会的連帯感が強く、自分のことを後まわしにしても、他人の面倒を見るというところがあった。何はともあれ彼女も無事卒業に至り、学生時代から土曜日だけのアルバイトをしていた薬局に就職し、つまり、学生アルバイトからそのまま正式雇用してもらい、スタッフの中で勤続年数最多組の一員となった。

薬局の場合、ＰＫＡ（薬学商業アシスタント）という薬品の在庫管理、注文などする業務を行うスタッフ、ＰＴＡ（薬学技術アシスタント）という薬剤師の補佐的業務を行うスタッフ、そして薬剤師・薬学士の3つの職種で成り立っているが、ＰＫＡの業務はＰＴＡで補うことが可能であり、ＰＴＡの業務は薬剤師が遂行すればよい、という仕組みになっている。従って、娘たちの話を聞くと、ＰＫＡの職種は世の中から徐々に消え去る傾向にあるらしい。就職したときの月給はこの3業種間でかなり明確な差、雲泥の差があるが、専門学校、大学などそれぞれの資格を得るまでの教育システムも異なり、それに費やす費用、年数、資格取得までの難易度にもかなりの差があるので、業界では皆、暗黙のうちに了解していることである。月給や昇給率は一般に業界タリフという月給の目安を業界の連盟で決定する一覧表に準じ各人に与えられる。場合によっては、このタリフの10％増し、15％増しなどと雇用契約する時点で取り決められることも往々にしてありうる。職業経験10年もすれば、タリフによる昇給も行き止りとなるらしい。

ドイツの教育制度の話は、またどこかでお話しする機会があるかと思うが、日本の教育制度と比べ、子供にとっても、親にとっても、ドイツのほうが個人主義的で、周りに惑わされることなく、自己の意思に正直にマイウェイを進むことができるという意味では、〝おとな〟のシステムだと考える。

私のハイデルベルクでの学生生活にも早々と終止符を打ち、荷物をまとめ、帰国を決心したのは、１９８０年春の頃であった。これは言ってみれば、私のドイツ短期留学の予定通りの期間でもあった。私のドイツ留学の目的は、ドイツ人の実生活やドイツ人学生の学生生活を垣間見ることであったので、この目的はまずまず果たすことができたと確信し、日本への帰路に着いた。

ケルンでの生活

日本へ完全帰国した後、結婚のためケルンへやってきたのは1980年の夏であった。ドイツから持ち帰った荷物の整理が終わるか終わらないかのうちにまた、スーツケース1個で、出戻りした形となった。同年6月6日にケルン市の市役所の婚姻課で証人（通常、親しい友人などに依頼して承認となってもらう）の立会いの下、婚姻課の公務員の前で簡単なセレモニーがあり、結婚届け出を行った。7月には、札幌から両親がやってきて、主人の両親、主人の妹などの参列のもと、当時住んでいた地区のカトリックの教会で式を挙げた。午後は、ハイデルベルク時代親しかった日本人の女性の友人ひとり、主人と私のハイデルベルク大学での共通の友人6人ほどが加わり、ケルン郊外の湖畔のカフェでコーヒーとケーキで歓談、夕食は、市内のインターナショナルな著名ホテルで、世界遺産であるケルンの大聖堂をまじかに見ることのできる、バンケットルームでのコースメニューとなった。

主人は、このときメイン料理の付け合せに出た、ブロッコリーという温野菜を生まれてはじめて食べたと言ったのを今でも思い出す。ホテルのバンケット担当者との打ち合わせのときには、カリフラワーのグリーン版と説明され、納得していた。そして、担当してくれたウエーターやウエートレスに、チップを渡すのを失念したことは今でも良い笑い話となっている。チップ関係は、通常、花嫁の両親が気を配るべきものだ、というのが主人の弁であったが、実証はいまだに取れていない。

ケルンで長女が生まれた。女の子なのに、3900g近くあり、住居の近くのカトリックの病院での帝王切開による出産であった。彼女が誕生したのは、まさにカーニバルの真最中で、仮装行列を見ていて、様子がおかしくなり、主人と家に出産用に何週間も前から用意してあったバックを取りに帰り、そのまま病院に直行した。病院の看護婦さんなどは、カーニバルのため浮かれ気分で、ほっぺたにハートのマークをなぞったりしており、初産という人生の大事業を目前にしていた私に、一抹の不安がよぎったことが思い出される。

陣痛微弱であったそうだが、医者、看護婦ともに、カーニバル気分のために、忍耐強く待つということができず、帝王切開の決断を下したのではという懸念をも持ったものである。通常出産の場合、1日、2日で退院なのであろうが、3週間の入院のあと、漸く親子で帰宅し、育児生活の始まりとなった。入院期間が結構長かったので、家の近くの新教の教会で幼児洗礼を受けさせる準備をバタバタとし、ちょうどイースターの祭日に、ミサの一環として、長女の洗礼が行われた。地元の新聞に、その教会のミサの様子が写真入りで掲載され、ある幼児の洗礼が行われたと報道されていた。

ケルンでの生活は長女が6～7ヶ月になるまでであった。幼児の定期健診U1、U2、U3と記された検診手帳が存在し、1ヶ月検診、3ヶ月検診という段階を踏んだ検診を市内の小児科で受けながら、事無く日常生活を続けることができた。長女は退院時から順調に体重を増やし、あっという間に5000gとなり、抱くとずっしりと重く、乳児という感覚ではなかったのを覚えている。日本では、母親が出産後、1～2週間、娘の家に泊まりこみ、おさんどんをしてくれるという習慣があるそうだが、私の母はあっさりしたもので、〝行ってもかえって邪魔になるばかり……〟という理由で、ドイツにやってくるということなど、まったく考えるに及ばず、また、私も最初からあてにするでもなく、一人だからといって特別不便と感じることもなく、育児とはこんなものかと淡々と毎日を過ごしていたように思う。ある頃から、主人がやはり銀行での仕事がしたいと言い出し、ドイツで2番目に大きな銀行に応募し入社が決まり、本社がフランクフルトであったので、これを機に親子3人、ケルンからドイツ金融の本拠地フランクフルトへ引っ越すことになった。

マイン川沿いにあるフランクフルトということで、旧東独のオーデル川沿いにある同名の街フランクフルトと区別するために、フランクフルト　アム　マインと呼ばれる。

フランクフルトでの生活

フランクフルトの街は2023年時点で人口75万人強の都市であるが、ドイツ最大、貨物空港としてはヨーロッパ最大の空港が、市内からわずか15㎞離れたところにあり、ドイツ金融の中心地として、各国の銀行が集まっている。ドイツ最大の証券取引所も市の中心にあり、ブルとベアの大きな像が、証券取引所と隣接する商工会議所前の、ちょっとした広場に立っており、観光客が写真撮影をする姿をよく見るものだ。私の個人的なメリットは、なんと言っても空港が自宅から車で20分という距離にあるということであった。タクシーでも35ユーロもあればスーツケース代を含めても十分だ。

主人は毎日銀行員として通勤し、私は銀行員の妻として、そして一児の母としてフランクフルトでの生活のスタートを切った。ケルンは非常に地域性の強い街で、特に2月のカーニバルの時期になると、定例の時期のかなり前から子供からお年寄りまで町中が団結し、カーニバルに臨んでいるような感触を受けたものであった。これは生まれもったもので、よそ者、たとえ外国人でなくとも、他の地域からケルンに仕事の都合などで住み着いたドイツ人には、とてもついていけるものではない。心からカーニバルを愛し、雨が降ろうと雪が降ろうと、マイナスの気温となろうと、心からカーニバルを楽しむのがケルン人である。乳母車の中の幼児にまで、仮装させているのを見て驚いたこともあった。まして外国人の私などには到底溶け込もうと持っても、受け入れてもらえないような周りの空気を感じ、何年住んでもこの壁を突き破ることは不可能ではないかと、体で感じていたのを鮮明に思い出す。

フランクフルトでは、いわゆるドイツで言う〝アルトバウ Altbau〟(ノイバウ Neubau に対し、50年代建造の建物)の3部屋のアパートに住んだ。ドイツには、マンションなどと言う、本来フランス語の Maison メゾンに由来する言葉はなく、単に、3部屋とキッチン、バスルーム付きの住宅であった。70平米あるかないかの、面積的には決して大きくない住宅であったが、天井の高さが近年の建築に比べかなり高く、4m近くあり、実際の面積よりよほど広々とした感じであった。アルトバウなので、もちろんエレベーターもなく、それに代わりらせん状の長い階段が延々と続き、我々の住居は4OGであったので、これは日本式5階にあたり、日ごと、2回から3回往復するとかなりの運動量となった。子供が我々の運転する車の中で寝込んでしまい、主人がこのらせん階段を子供の寝込んだ状態を崩さず、起こさないように自宅のベットまで運ぶということが何回もあった。

小さな住宅であっても、まだ子供が一人のうちは、まあまあ快適な生活であったが、次女が生まれてからは、やはり手狭な感じもあったが、立地が最高で、幼稚園、小学校、ギムナジウム（中・高等学校）、さまざまな医者、地下鉄なども、すべて徒歩圏内にあったというメリットを早々手放したくもなく、結局、子供たちが高校を出、長女が大学に入るぐらいまで、この住居に住み着いたのであった。8世帯が入居している建物であり、子供のいる家庭、いない家庭、さまざまであったが、結構和気あいあいと付き合っていたように思える。一番下の階に住んでいた旧ユーゴスラビアの家族は女の子と男の子の二人の子供がいたが、私がフリーで仕事に出る日など、長女のベビーシッターを快く受けてくれ、それは何年も続いた。幼児の頃は、4階から使い捨てオムツとミルク、幼児食などを持って下の階に下り、長女を預けるだけでよかったので、私にとっては、理想的な立地のベビーシッターであった。彼女には、私の長女より1歳下の長女がいて、女の子二人が遊び友だちともなった。長女が幼稚園に入園し、12時にお迎えの時間が来ると、幼稚園まで迎えに行ってくれ自分の家に連れて帰ってくれたものだ。幼稚園は我々の住宅のすぐ裏、徒歩5分のところにあり、プロテスタントの教会付属であった。12時と18時の教会の鐘の音も、すぐまじかに聞いたことも思い出す。金が鳴り出すと、数分間鳴り続け、テレビやラジオの音がほぼ聞こえなくなるほどであった。我々はその教会の隣に住んでいたのだった。

娘たち二人は住居と隣接する教会付属の幼稚園に行き、横断歩道を渡るだけで到着できる小学校に通った。小学校4年生、すなわち10歳でそれ以降の学校を決断しなければならない。

ハウプトシューレ（卒業後職人の道に入ることを主目的にした就学期間が5年間の学校）、レアルシューレ（専門職、専門学校へ進む予定の子供たちが行く学校で、修学期間が6年間の学校）、ギムナジウム（大学進学や金融機関などへの就職を目的にした、就学期間8年間の学校）の選択に迫られる。ギムナジウムは、少し前までは5年生から13年生まで9年制であったが、近年1年短縮され12年生が最終学年となった。他の大半のヨーロッパ諸国の標準年数に適合させたそうである。1年生と言わず、5年生からスタートするところが面白いが、一連の学校教育なのでそうなっている。

わが娘たちは小学校での成績はまずまずのものであったので、一応、大学進学を目標としたギムナジウムへ進学した。住居の周辺にはラテン語、ギリシャ語を第2外国語として選択できるギムナジウム、英語、フランス語を選択する通常のギムナジウムなど、4つほどの進学校が徒歩圏内にあったので、長女は新語を選択できるギムナジウムを選び、次女は音楽に力を入れているギムナジウムを選んだ。幼稚園の頃からブロックフルート（日本ではリコーダーという）を習い、自宅でも、一人でかなり難解なバッハの曲などを練習し、カセットテープに録音したりするのが趣味であったので、音楽教育を重点とするギムナジウムを選んだ。小学校4年生のときに、担任の先生と親と子供が話し合い、この子はどの学校に進学すべきかを決める。10歳の子供は医者と看護婦の区別がつくか付かないかの時期なので、ほぼ親の意向で決断されるといえるであろう。

長女は8年生を迎える前に、学校の風潮が自分に合わないという理由で、次女が通うギムナジウムの方に転校した。その後も、一部の先生との折り合いも悪く、フランクフルト市内の私立のギムナジウムに転校させた。真夏の炎天下、当時15、16歳の長女と、汗を拭き拭き、事前に調べたフランクフルト市内の私立学校数校をくまなく歩き、自宅からの交通の便なども含め、調査したのは今でも鮮明に記憶に残っている。長女がその私立ギムナジウムに通ったのは最後の11年、12年、13年生の3年間であったが、親子ともども満足できる3年間であった。次女も5年生から通学していた公立の学校ではフランス語で合格、落第すれすれのところまで行き、数学と音楽を受け持っていた担任の男性の先生とは、科目も次女の得意とする科目であったこともあり、相性は悪くなかったが、最終的に、彼女もフランクフルト市の近隣の町にある長女がすでに在籍していた私立のギムナジウムに転校することになった。

この学校は地下鉄とバスで1時間ほどを要するフランクフルトの郊外に位置しており、そのため毎朝早起きを強いられ、日本の中学校などであれば珍しいことではないが、午後は3時、4時までの全日制といえる学校であった。帰宅後は、肉体的にかなり疲労するようで、昼寝というか、夕寝をする日も多々あった。通常、公立の学校は、週一度の体育の授業がある日を除けば、午後1時15分には授業がすべて終了する。長女の市内のギムナジウムも、次女のフランクフルト郊外の町にあるギムナジウムも、同じ系列の学校で、次女の場合、市内の学校の方の8年生のクラスに空きがなかったため、やむなく郊外の全日制の方にとりあえず席をもらったのであった。市内に空きができればすぐ移してもらえるという約束であった。結果的には、10年生のクラスから市内のこの私立ギムナジウムに通学することができた。ここは、自転車ないしは徒歩で25分ほどの距離であった。

ドイツの学校は9割以上が公立で、全国16州の文化庁の管轄下である。フランクフルトでもまったくゼロではないが、ごくわずかしかない私立のギムナジウムはやはり例外的存在といえる。通常授業料は0ユーロであるところ、一人に付き、毎月250ユーロほどの授業料を負担することになる。このギムナジウムで最終的に取得するアビトゥアは、通常の公立の学校で取得する大学入学のためのアビトゥアという資格と同等のものと認められた。なぜかというと、ある私立のギムナジウムの卒業は公立ギムナジウムの卒業資格と同等とは認められないケースもあるので、私立の学校を選択する上でこれは非常に重要なポイントであった。娘たちが通学した学校は、市からの援助も得ていた学校であったようで、親の負担は私立学校としては比較的少なかった。今でも記憶にあるが、年末になると学校から、〝税務署提示用〟として、その年に支払った親負担の授業料の一覧表が自動的に自宅に送付された。税金控除の対象となったということである。

私立の学校のメリットといえば、先生方とのつながりも密で、アットホーム的な雰囲気があり、長女が入学して2週間ほど経った頃、学校の副校長先生から自宅の私宛に電話があり、〝まもなく2週間が経つが、お嬢さんは学校に慣れましたか〟とたずねてくれ、〝なにかあればいつでも相談に来て下さい〟と過去の公立学校では信じられないような言葉をかけてもらい、感激したのを覚えている。

公立の学校の教師は公務員なので授業が終わると、生徒より早くさっさと帰宅し、特に金曜日などはその傾向はさらに強くなる。話したいことがあり、授業の終了するのを待って、特定の先生を校庭で待ち受けていても、すでに姿は見当たらず、帰宅した後であったということも多々あった。私立学校の生徒たちは、親が弁護士、検事、医者というような、やはり標準をはるかに超える裕福な家庭の子女たちであった。

しかし、我が家のような、いわゆる普通の家庭の子供たちもいた。中には、著名企業の3代目の御曹司がいたり、高校生なのに、ルイヴィトンのバックを持ち通学しているという子もいたそうである。次女が友だちの家によばれたりすると、お手伝いさんや調理人がいて、〝アルプスの少女ハイジ〟の小説に出てくるような光景も見たといっていた。公立、私立、一長一短であろうが、我が家の場合は、まあまあ娘たちに合った学校であったと思った。二人、三人の兄弟姉妹の子供を、この同じ学校に入れている場合には、二人目の子供から授業料の割引がある。それでも、二人分の授業料を毎月負担することは、我々にとっては容易ではなく、子供たちがこの私立学校に行っている間は、一般のドイツ人が通常行うような、年間行事ともいえる長期の休暇などは、まったく無縁のものであった。

この私立学校の卒業式、というより卒業パーティーは学校の近くのヒルトンホテルであり、パーティーの前に、生徒は卒業証書を受け取り、成績が全生徒と卒業式に参加した親の前で発表される。長女の学年の生徒は優秀な子が多く、半数以上の子が平均点数1、XXという成績で卒業した。子供によっては大学に入る前に、半年間世界旅行をしてくるとか、オペアのシステムで1年間、その国の言語を取得するため、海外の家庭に滞在するなどし、その子その子の方針で、皆さまざまな道を歩み始める。さっさと大学に入り、さっさと卒業し、就職を決めようというような優等生的な考えを持つ子もいただろうが、何が何でもこうでなければならないというような型にはまった考えをする必要性、義務感に縛られるということはないように思える。あくまでも自分の人生なので、もちろん親の助言に耳を貸す子供もいるであろうが、基本は、マイペースで決断するのが、18歳で法的に成人となる子供たちのやり方であった。

長女はギムナジウムでは最優秀グループの中には入っておらず、希望のフランクフルトの薬学部から入学許可の通知が来るまで、半年の待ち時間を要した。この〝大学のある学科の席を待つ〟という感覚が、日本人には理解しにくいが、半年、つまり一学期待つごとに、学科の要請するレベルに近づくことができるというシステムである。簡単に言えば、ギムナジウム卒業時の点数が悪くても、何年か待てば医学部であろうと、どの学部であろうと入学できるということである。長女も、半年間アルバイトなどしながら、全国共通選抜委員会のようなところから、ＯＫの通知が来るのを待っていた。夏学期開始時期が近づいても、この共通選抜委員会からの通知はなかったが、フランクフルトの薬学部から直接入学同意通知が届き、無事、4月の冬学期から大学生となることができた。

この待ち時間に、自分が希望する学科ではないが、入学できた他の学部にとりあえず入り、勉強を始めるということは〝待つ〟ことにはならない。その学科に本心から席をおきたいという他の学生の席を奪うことになるからである。要するにアルバイトでもして、ブラブラしていなければだめなのである。

当座、長女は自宅から大学に通っていたが、そのうち、〝家を出る〟と言い出し、大学のそばに一部屋のアパートを借り、徒歩で大学へ通い、土曜日には薬局でアルバイトをした。ドイツの大学生活は何年で終わるという保証がなく、下手すると7年、8年という長丁場にもなりかねないので、奨学金受理の手続きをとり、これもうまく認可され、定期的に入るアルバイト代とあわせ、経済的にはアパートの家賃を自分で払い、決して贅沢はできないが、必要な生活費、本代などもまかなえるほどの生活を送ることができた。

さて次女はといえば、姉妹とは能力的にもほぼ似かよっているらしく、はやり、半年待ちでフランクフルト大学の、これも長女に習い、薬学部に入った。長女は〝妹に真似された〟と冗談交じりに言っていたこともあったが、除外方式で選択すると、文科系の学部は除外され、結局残ったのは、化学、生物、薬学などの理科系であった。

長女は先般触れたように、基礎課程を2年で修了し、第一国家試験を突破し、専門課程、実地課程も2年で修了し、第2国家試験も繰り返した科目は一部あったが合格し、1年間のインターンともいえる大学の外での実地研修期間を空港の薬局と市内中心街の薬局で行い、その後、第3国家試験をもクリアにし、正式な薬剤士となり、薬剤士連盟への登録も無事完了した。最初約70名で夏学期をスタートしたと想定するが、そのうち、一割強の学生が最短5年の期間を網羅し、卒業に至っている。他の五十数名はどうなるかというと、国家試験の準備とも言える、各科目の試験に合格することができず、繰り返し追試を受けているうちに、半年、1年、2年と遅延し、国家試験もこれに並行し遅延していき、学業終了も遅れていくということである。

ドイツの大学には学年というのがない。従って、自分は何学部の何学期目である、という言い方をする。2学期で1年間なので、計算すれば現在まで、何年大学に在籍しているかがわかる。〝永遠の学生〟という言葉があるが、14〜15年学生をしていて、いつ卒業とも想定がつかず、30歳半ばとなっても、アルバイトをしながら永遠と学生をしている人のことを言う。何年までしか大学にいられないという制限もないので、毎学期登録手続きさえしていれば在籍は可能である。一時期、大学に納める手数料が発生したが、これもまた廃止となった。学生用の健康保険に入り、わずかな保険料を払うだけでよい。卒業をあきらめ、大学を中途で止める学生も結構いるが、この場合、何年大学で時間を費やしたとしても、ギムナジウムを卒業したのと同じ資格しか残らないので、かなりむなしいものがある。

長女、次女とも永遠の学生にはならず、長女は最短距離で、次女は30％増しぐらいの時間をかけ卒業し、長女は次女が学生時代からアルバイトをしていた同じ薬局に就職し、1年も経つと、オーナー代理とでも言うポストまで行った。彼女は自分が住む場所も、フランクフルト市内から出ることはなかったが、学生時代から市内での引越しは頻繁に行い、勤め先も2年おきぐらいに替えていた。２０１８年の4月に市内中心街の薬局を、44年間経営してきた前のオーナーから引き継ぎ、権利を購入したときには、それまでさまざまな職場で見てきたことが大変役立ったと豪語したものであった。多くの薬局オーナーのやり方を見てきたので、自分自身でやり繰りする段になって、思考錯誤の助けとなったそうである。

次女も、大学に2〜3年在籍する頃になると、家を出て、ほぼ大学敷地内にある民間の学生会館に一部屋を借りることになった。100人ほどがウェイティングリストに乗るほどの難関を突破し、独立した生活を始めることになった。家賃は決して安くはなかったが、奨学金や土曜日ごとのアルバイト代などで、生活費、本代など何とか自分で工面していた。時たま、私に経済的援助を求めてきて、そんなときには、もちろんクレジットとして貸し、必ず約束通りに分割で返金された。

日本だと、大学生の子女の生活費や学費を親が負担するのが通常だが、ドイツは異なる。もちろん、ドイツ人家庭で子供たちの学費、生活費はすべて出費するという親もいるだろうし、また、医学部に在籍する子女にマンションを購入し、卒業まで何ら経済上の苦労のない、学生生活を保証する親がいると聞いたこともある。しかし、我が家は、一般ドイツ人家庭の標準に適合しており、もっとも、何年間も、学業を支援するということは、経済上の理由からしてもたやすい状況ではなかったので、やむなく、ドイツスタイルに従ったといえるかも知れない。

ドイツの学生たちも、自分の生活費ぐらいは奨学金とアルバイトでまかなうことをおそらく当然と認識し、奨学金の返済システムも、大学を無事卒業し、就職してから、利子なしで、数年間にわたり、毎月ある程度の月給を得ていれば、支障にならないほどの額を返済するようなシステムになっている。しかし、奨学金を受けることのできる期間には上限があり、学科にもよるが8年も9年も卒業できずにいると、奨学金は打ち切りとなる。その場合、民間の銀行から低利子でクレジットを得る道も開けている。

フランクフルトでは、二人の娘たちが独立し、ドイツでは、〝家を出た〟という表現を用いるが、夫婦二人だけの生活が開始した。といっても、家族全員同じ市内に居住していたので、何かあれば、これも住居のそばのアルバイト先からアルバイト終了後、我々を訪問するなど、頻繁とまでは行かないが、時折、昔ながらの親子の歓談を楽しむ機会を持つこともできた。その子供によっては、300、400㎞と自宅から離れたところの街にある、大学に通うことが往々にしてあり、そうした場合は、クリスマスやイースターの連休、親の誕生日など、せいぜい年2~3回の帰省となるケースも少なくないであろう。子供たちが同じ市内に居住しているという、親としては大変恵まれた状況にある年数を過ごし、その後も、娘たちは、一度もフランクフルトから他の街に出ることなく、今日に至るまで私にとっても第二の故郷といえるかもしれないこの街で、家族4人全員が暮らしていることになる。幼稚園から大学まで、そして大学卒業後の就職先まで、同じ街で過ごすというケースは、ドイツでは意外と稀かもしれない。

従って、今日に至るまでの私自身の職歴も、すべてフランクフルト　アム　マインで展開されることになる。

ハイデルベルク、ケルン、フランクフルトの街並み

ドイツの古都ハイデルベルク城を望む

ドイツにおける空の玄関口である、金融都市フランクフルト

ドイツ語圏で２番目に旧いハイデルベルク大学

ライン川から望むケルン大聖堂

第2章

ドイツのホテルで
ホテルウーマンとして働く

フリーランス時代

子供たちが小さかった頃は、9時から18時までというような定職に就こうとは思わなかったし、また就けるとも思わなかったので、登録していた旅行エージェントや知り合いの口コミなどで仕事の依頼があるときのみ、フリーランスとして仕事をした。結構あらゆる職種を体験した。

最初は、フランクフルト市のいわゆる成人学校のようなところで、週2回、夕方2時間ばかり、ドイツ人に初級日本語を教えた。主人に少し早めに帰宅してもらい、急いで、講義室となる市内の学校の教室まで出かけたものである。ひとグループ最高15名までの初心者クラスであったが、中にはある有名なドイツの銀行の銀行員で、東京の支社で3～4年勤務したが、日本語の知識は皆無で、初心者として参加していた男性もいた。おそらく、勤務地の東京では英語だけで生活していたものであろう。その成人学校で指定した教科書を使用したが、わずか2講、合計90分間の授業のために自宅で約2時間の準備時間を必要とした。

その他、民間の語学学校で銀行員夫妻で東京に転勤になるという、ドイツ人に個人授業をしたり、フランクフルト市内のメッセ会場で開催されるいくつかのメッセ（フェアー）でドイツ語、日本語の通訳としての仕事をすることもあった。日本から買い付けに来る人々に同行し、会場内のブースを朝から夕方まで、足が棒になるほど歩き続けることが常であった。

私の受けたメッセは、通常、4日から5日間ぐらいの期間で、その間、子供たちはベビーシッターに預けるか、少し長期間のメッセである場合は、主人の母に泊まりがけで来てもらったこともあった。さらに空港では、日系航空会社でお客様の空港内でのケア、VIPサービスなどの仕事に就いた。これは定期的なものであり、週4日間、16時から21時までの勤務時間であった。時給清算で、時給額自体も悪くはなかったが、家に帰るとほぼ22時ということが唯一のデメリットであった。この空港内の地上サービス勤務と並行し、その航空会社から依頼され、同航空会社のドイツ人機内乗務員に日本語を教えることになった。

彼らは、長距離の仕事を終えるとかなり長い休みがあり、そのうちの1日を日本語レッスンにあてることが義務付けられていた。使用したテキストはすべてローマ字で記載されており、読み書きは全く行われず、授業は簡単な日本語会話ができることを目標としたものであった。半年に一度、聞き取りのテストが行われ、私が試験監督をし、結果は日本の本社に送られ、相応の日本語知識を持っていると認められた乗務員は制服にバッジのようなものをつけ、搭乗客にアピールするというルールであった。

授業を通じ、数年勤務しているドイツ人スチュワーデス、スチワードからは、私との年齢差は親子ほどであったので、いつの頃からか、日本人乗務員との誤解や、勤務上の相談事を持ちかけられ、カウンセリングのようなことも何度かした記憶がある。この航空会社での日本語講師の仕事は、1991年11月から1994年3月までの期間であった。

日本からのパッケージツアーのツアーガイドもした。たいてい添乗員が同行するツアーで、いわゆるスルーガイドと呼ばれる、グループと2泊、3泊とドイツ国内で宿泊をともにする仕事は子供がいることを理由に請けることはしなかった。私がしたのは日帰りツアーだけであり、朝、家を出て夕方戻るというスタイルであった。この仕事を1985年ごろから6年ほどした。この時期数年は、日本からヨーロッパを訪れるツアーや個人客のピークであったはずである。フランクフルトのメッセ会場なども、右を見ても左を見ても日本人、という時期があったのを覚えている。

ガイド業では、例えば、フランクフルトの市内観光のあと、昼食を市内のレストランで取り、午後はバスで1時間一寸、バスドライバーの横のお客様の席よりかなり低い位置にあるガイド席に座り、真正面から照りつける太陽を顔に受けて、ハイデルベルクまで走り、夏の炎天下の旧市街をお客様と一緒に歩くときなど、体力的にきついと感じたこともあったが、総対的には、結構楽しく仕事をさせてもらった。添乗員からはグループと別れるときに、必ずチップを頂き、その額も積もり積もるとかなり大きなものとなった。ガイド報酬はともあれ、ツアーのお客様からのフィードバックに力づけられることが多々あった。私は、この旅行がこのお客様にとって、一生に一度のヨーロッパ旅行になるかもしれない、と言うことを常に念頭において仕事をしていた。このような意識がサービス業の根底であると今でも強く確信する。

このようなフリーランスの仕事をしていたある日、フランクフルトの空港で、昔からのフリー業の仕事仲間に声を掛けられ、市内のあるドイツのホテルで、日系企業のセールスを担当してくれるスタッフを探しているという話を聞いた。おそらく9時~18時の勤務時間の定職と思ったが、早速、そのホテルのセールス部の部長とも言えるドイツ人のところに面接に出向いた。一応、ドイツ語の履歴書を準備し、30分ほど話をしたが、何を話したものか具体的な内容に記憶はない。おそらく、過去の経験業務などを聞かれ、なぜこのホテルの勤務を希望するのかなど、ありきたりの話をしたのであろう。それが、私の独語力のテストであったのかもしれない。

間もなく、この全国に14、5の店舗を持つバイエルン州のチェーンホテルのフランクフルト店で、5つ星カテゴリーのホテルへの入社が決まったのは1994年4月1日付けであった。これは私にとって、39歳にして最初のサラリーマンとしての定職であり、ホテル勤務未経験のホテルウーマンとしての職場となった。この先の章では、この勤務先のホテルで起こったエピソード、実話をいくつか、順不同であるが、お話したい。

失恋旅行

Fさんは一人旅の女性だった。彼女は12月31日にチェックインしており、コンピューターのデータを見ると、ディスカウントレートではなく、ノーマル料金を支払うお客様だった。部屋に電話を入れて、いつものように、「なにかご不自由はございませんか」と問うと、「すべて快適です」という答えが返ってきて、その後ほとんど間をおかず、私的なことで申し訳ないのですが……と、彼女はポツポツと話を始めた。電話で話すよりはどうせなら会って顔を見ながら話すことを提案し、ロビーに下りてきてもらうことにした。夜8時を回った頃、彼女はフロントに下りてきて、私を呼び出した。フロントのバックオフィスから出てロビーで挨拶し、カフェでお茶に招待するつもりであったが、成り行きでワインになってしまった。Fさんがフランケンワインしか飲んだことがないというので、私は地元のラインガウのハルプトロッケン（中辛）白ワインを勧め、注文した。

彼女はまず私に、ドイツ人と結婚しているのかと聞いた。そうだと答えると、彼女は、実はこの旅行は彼女にとって失恋旅行だと語った。4年前、ある旅行エージェントのツアーに参加し、初めてドイツのロマンチック街道を旅行した際、そのツアーを担当したバスのドライバーと知り合い、次第に恋心を抱くようになっていったそうである。日本から彼にたびたび電話し、手紙を交換し、年に一度は彼に会いに来ていたそうである。

ところが、去年の11月頃から彼に電話をすると、彼女の声を聞いたとたんに、無言で受話器を置くようになってしまったそうである。Fさんはなぜ彼がそうするのか、理由もわからないまま、悶々とした日々を過ごし、体重が6kgも減り、回りの同僚には癌でないかとさえ言われ、妹さんには変な気を起こさないでくれと心配され、暮れも押し迫った12月30日、日本を飛び立ったとのことである。彼からは、本当は1月は忙しいから、来ないでほしい、と言われたそうだが、その言葉を押し切り、彼女はドイツ行きを実行した。Fさんは、彼と同じドイツの空気を吸っているだけで幸せだと、私に語った。

Fさんは実際の年より10歳くらいは若く見えた。Fさんは私と同年代で、西日本のある地方都市でもう20年以上も医療関係に携わっていた。Fさんは、彼のことを話しながら、時々涙ぐんだ。私は自分と同じ年代でありながら、こんなに一途に人を恋せるFさんがうらやましいとさえ思った。そしてかつて自分は、一人の人間にここまで心を委ねたことがあっただろうかと問うてみた。夫であろうと、自分の子供であろうと、自分の親であろうと、こんなに一途に人を愛することができたら幸せであろう思ったものである。そしてその愛が、もし一方通行に終わったとしたら、やはり惨めであろうと思う。

そこで私はFさんにあることを提案してみた。私がその彼に電話を入れ、彼がなぜ突然そういう態度に出たのか、そのわけを聞いてみようという案である。Fさんは、一晩考えてみるといって、その晩は別れたが、翌日彼の所属のバス会社の電話番号と、彼の自宅の電話番号を私に手渡してくれた。Fさんの意思を伝える目的で、私は彼の自宅のほうに電話した。男性の声がしたので、彼と話したい旨を伝えると、電話に出た男性は彼は長いツアーに出ていて、いつ戻るかわからないという。あなたはお父様ですか、と尋ねると、一緒に住んでいる同僚だという答えが返ってきた。私も、Fさんの知り合いであることを告げ、知り合い同士の会話が始まった。

私はFさんの思いを一気に伝えた。本当のところは、なぜ彼がそのような態度を取るのか、そのわけを知りたいのだが、もう電話をかけることは止めにする、今まで、もし迷惑をかけていたのだとしたらお詫びしたい、彼と彼のご家族の健康と、より一層の発展を祈るというようなことを述べて受話器を置いた。私は、彼の知り合いと名乗った男性は、実は彼本人であったのではないだろうかとふと思い、やがてほぼ確信するに至ったものである。

Fさんは私が勤務していたホテルをねじろにカッセルへ日帰りで列車旅行したり、ベルリンへ飛んだり、最後はインスブルックへと抜けた。5回も訪れているドイツであるから、ありきたりの観光地はほとんど知ってる。フランクフルトのゲーテハウス(文豪、ヨハン　ウォルフガング　フォン　ゲーテの生家)などは3回も入場しているそうだ。私はFさんに、ライン川沿いの町、リューデスハイムのドロッセルガッセ(つぐみ横丁)を上りきったところに、オルゴール博物館があることを話し、ぜひ訪れることを勧めた。そのオルゴール博物館は個人のコレクションを基にして開設されたもので、ある程度の人数が集まると入場させてくれ、それぞれの機種についてのガイディングをドイツ語、英語、フランス語他、様々な言語の中から希望の言語を選ぶことができ、一時間ほどのツアーに参加することができる。そのコレクションの中には1920年代のオルゴールがあって、私のお気に入りのものなのだが、あの有名な〝なじかは知らねど……〟のローレライのメロディをとてもきれいな音色でかもし出してくれる。

また、フランクフルト市のマイン川沿いにあるシュテーデル美術館に収められている絵画は、一度見る価値があることも付け加えた。ただし、レンブラントの宗教画などを見ると気が滅入る恐れがあるので、明るく、やさしいモネやマネ、セザンヌのもの、モダンなピカソなどを見ることを勧めた。暗いのは、ドイツの冬景色とFさんの心の中だけで十分だ。私も絵を見る時は、色彩が全体的に暗いものは、どんな著名なものであっても、どんどん飛ばしてみることにしている。それにしてもドイツから近年、著名な画家が出ないのは、ドイツの気候が多分に影響しているのではないかというのが私の持論である。

気分が暗いときは、軽いタッチの室内オーケストラのワルツなどを聴くのがよい。冬はとかくするとドイツの冬の暗さに飲み込まれそうになる。ドイツの冬の重さに押しつぶされないためには、自分の内面を明るく保つしかないと毎冬思う。

桜茶

年の初めに、このフランクフルトで八重桜を見られるとは思わなかった。

私のホテルでの勤務時間は、月曜から金曜まで、10時半から19時半であり、日系企業へのセールス、特に企業がらみの宿泊の予約を増やし、催しもの関係、バンケット関係の予約を増やすということが任務であった。夕方は、フロントにも時々出ることがあり、ＶＩＰ客のチェックインなどをすることもあった。

いつものように、翌日の到着客のチェックインリストをチェックしているとき、Fさんがまた3泊することがわかった。Fさんが前章で述べた、彼女の個人的な理由でドイツにやってきたのは、ちょうど1年前のことだった。今回滞在の2泊目の夜、時期も時期なので日本人客が一人もいなく、手持ち無沙汰だったことも手伝い、Fさんと二人でバーでワインを飲んだ。ゲストリレーション（ホテル内接客係り）のスタッフとして、お客様との接触を図るというのが表向きの名目だった。

Fさんはモーゼルワインを飲みたいといったのだが、やはりここの産地のラインワインを飲みましょうということで、ラインガウ産地の辛口白ワインを注文した。西日本のある地方都市で医療業務に携わり、春休みも、夏休みも、秋休みもとらずに、この冬ドイツに来ることだけを励みに仕事を続けてきたという。彼女の職場の状況からして、2週間続けて休暇をとることは難しいそうだ。ワイングラスを手にFさんは語った。フランクフルトの空港に降り立って、外の空気を吸ったとき、懐かしさで涙が出そうになったそうだ。〝ベルリンオペレッタの父〟と呼ばれるパウル・リンケのベルリーナルフト（Berliner Luft）、文字通り言えば、〝ベルリンの空気〟というオペレッタがあるが、ドイツの空気を吸いたさ一心で、また今年もフランクフルトにやってきたFさんであった。

当時は実らなかった恋であった交際相手の彼と同じ空気を吸っていえるというだけで、満足だったとも言っていた。そのFさんがチェックアウトの前の晩、いつもお世話になるからと、ビニールの袋ふたつにこまごまとしたプレゼントをくださった。

そのビニール袋の中身はというと、まだ封を切っていない緑茶のティーパック一箱、靴下に貼ることができるホッカイロ二つ、衣類用のホッカイロ二袋、Fさんがフランクフルトに来る前に滞在した、ブタペストのマリオットホテルのキャンディー、小袋に入ったおかき、そして何よりもうれしい日本語の本2冊であった。それは佐藤愛子の『上機嫌の本』と『四季』であった。

そしてFさんのお土産の中に、桜茶があった。Fさんはお正月をヨーロッパで一人で過ごすことから、日本から持参した桜茶を一人でホテルの部屋で飲み、新年を迎えたそうだ。Fさんはこのお茶は慶びの日々にいただくものだと教えてくれた。

さて私も、帰宅して早速、熱湯に桜茶を一つまみ浮かせた。すると、小さなガラスのビンの中では塩にまぶされ、カサカサの状態で入っていた濃い桃色の桜が、ティーカップの中で満開の八重桜に変わった。淡いピンク色の桜の花が湯の中でゆらゆら揺れていた。たぶんややしばらく眺めていたのだろう。口にする頃には、熱湯をさしたはずの桜茶もぬるま湯になっていた。またまた日本文化の風情ある一角を垣間見た気がした。

ワイシャツの一件

Wさんご夫妻はホテルのVIPだった。フルーツバスケットを部屋に入れる手配を済ませ、前もって部屋の清掃チェックをした。4泊のお客様は、日本人ゲストとしては長いほうだ。いつものように午後4時半を回った頃、フロントに下りるとフロントマネージャー代理が私を呼び止め、301号室のWさんがホテルのクリーニングに出したワイシャツを、ホテルが依頼しているクリーニング業者で洗い方を間違え、かなり縮んでしまい、再び着られるような状態ではないので、Wさんに当ホテルの規定の書類に記入してもらうようにと告げた。

現物を見ると長さ、幅ともかなり縮んでいた。どうやらウールと混紡のワイシャツを高温で洗ってしまったようだ。ドイツの街中のクリーニング屋に関し、苦い経験をつんだ在独日本人がたくさんいるそうだが、それにしてもひどい話だ。ドイツの一般家庭では、綿100%の純白のテーブルクロスを洗濯機の温度を90度に設定し、2時間ほどかけて洗うという話は、こちらに住む人なら周知の事実である。

しかしこれもかなり昔のことで、最近はせいぜい60度が最高の温度ではないかと思う。衣類などもそのような材質で製作されている場合はよいが、高級なものでウールや絹の入ったもの、綿と化繊の混紡などいろいろあるので、こちらの洗濯はまず、洗濯しようとする個々の衣類に縫い付けてある洗濯用法が記載されている、小さなラベルを探し、30度、40度、50度、60度、90度など、摂氏何度で洗えるものか、表示を確認することから始まる。

このような仕事を押し付けられるのは一番面倒だが、お客様が日本人だからという理由で、いつも私にこのような役目が回ってくる。早速Wさんの301号室に電話を入れ、在室を確かめた。Wさんはすでにフロントから連絡を受けていたらしく、このワイシャツの一件については承知であった。これからちょっとお部屋に伺いたいのですが……と告げ、損害賠償証明書という記入箇所がかなり多い、A4版の書類を持って、私はWさんの部屋のある3階に上った。

年配の気品のあるWさんご夫妻は客室のドア口で、私を一見した後、和やかに彼らの部屋の中に迎え入れてくれた。私は、クリーニング業者のミスによって生じた損害に対してお詫びし、ホテル側の保険の関係で、お客様に記入していただくべき書類があることを告げ、それを、私も記入の際のヘルプをすべく、Wさんのご主人の方に手渡した。おそらくこれを見てW氏はムカムカッときたのであろう。ホテル側の対応は何事かと告げ、日本人特有のマネージャーを出せということになった。

フロントマネージャー代理のPに同席を頼み、再び二人でWさんの部屋へ上った。P代理いわく、クリーニング業者のミスには、我々ホテルとしても迷惑をこうむっている、ということだった。片やWさんの言い分は、ホテルで契約しているクリーニング業者のミスを、他人事のように言うとは何事だ、謝罪の気持ちがまったくないのが不愉快だ、というのだ。

ドイツに長く住むと、まずは謝るということに抵抗を感じる。遺憾に思うという表現は、ドイツでも割と簡単に使うが、すみませんでしたとか、申し訳ございませんでしたとかという表現は、できれば口に出さずに済ませたいと、誰しも無意識のうちに思っているものである。

しかしながら、事の起こりはホテルの客室に備え付けのクリーニング依頼書の書式にあった。Wさんがワイシャツを出すときに記入した書式を、ホテルのハウスキーピングに頼み、外注のクリーニング業者からファックスさせた。上から下まで目を通すと、なんとWさん、ワイシャツ（shirt）のところに×印をつけたのはいいが、ドライクリーニングではなく、水洗いのほうに×印をつけていたのであった。おそらく、その業者も洗濯表示をよく確認せず、紳士用ワイシャツ、イコール水洗いの観念で洗濯機で洗ってしまったに違いない。摂氏何度で洗ったものかを確認ですることは不可であった。

さらにW氏は、3万円相当のワイシャツだから、その分現金で弁償してくれないかと問いただし、フロントマネージャー代理はそれに対し、現金支払いは経理課の許可がないと不可能だといい、通常そのような処理法方はしていないと言い張った。

ついに急場をしのぐというのか、私はとっさのアイデアで、「では明日にでも代わりのワイシャツを1枚調達しましょうか」と口に出してしまった。W氏はヨーロッパはまだ寒いと聞き、あえて冬用のウールのワイシャツをわざわざ日本から持参したという。これからイギリスに向かうので、どうしても暖かいワイシャツが1枚必要だと考えたそうだ。

翌日私は近くの大きな衣料専門店で、特に袖丈の短い（という特別サイズが存在する）というワイシャツを1枚買い求めた。ドイツのワイシャツは、日本人には袖が長すぎるのが通常だ。そして購入したワイシャツを領収書とともにW氏に差し出した。W氏はすっかり誤解した。領収書をつけるとは何事か、ときた。私は、W氏が今日ワイシャツを買いに行く時間がないということだったので、代わりに調達した旨を説明すると、さすがのW氏も私の好意で買ってきたという事実を漸く理解してくれた。誤解が解けたのは良いとしても、結局そのワイシャツは、W氏には袖が長すぎ、衣料専門店に返品する羽目になってしまった。

翌日9時、Wご夫妻のチェックアウトの日が来た。私はそれに間に合うよう朝早めに出勤した。イタリア人のフロントマネージャーだけに任せてはおけない。W氏はすでにチェックアウトのインヴォイス（領収書）を手にしている。精算はもう済ませたらしい。案の定、あのワイシャツのクリーニング代もプライベート経費として請求され、支払い済みであった。

さすがに私もクリーニング代が請求されたことにショックを受けたが、まずは、お客様と精算後、賠償金を支払いというのがルールであったので、とにかく状況を説明したうえ、その場をしのいだ。

一瞬、私のW氏への誠意が水の泡になったような気がした。とにかくその日、Wさんご夫妻はわがホテルを去った。よりにもよってその朝は大雨だったが、私はロビーから外に出て、ドアマンと一緒に、フランクフルト空港に向かうWさんのリムジン車が見えなくなるまで見送ったのであった。

この一件はこれで終わりではなかった。迅速にいわゆるフォローアップをしなければならない。おそらくこの一件は、私がこのホテルに入社してから初めての比較的大きなクレームだったと記憶している。まずWさんの宿泊をブッキングしてくれたフランクフルト市内のF株式会社への詫び状と、Wさん個人への詫び状を準備し、セールスの私の直属の上司にサインを求めた。どうして日本人は何でも紙面に書いたものがなければ気がすまないのだろうと思いながらも、やはりホテルのロゴ入りのレターヘッドを使った詫び状は、こんな時には結構役に立つものであった。

1週間後、私はその詫び状を持ってフランクフルトのF社を訪れた。今後このようなことが再び起こったら、おたくのホテルの使用は考えさせてもらうと釘を刺され、F社の所長の

K氏には日本人の場合は、すぐ謝るということが、事を丸く収めるテクニックだと諭された。そして、このセールスコール（といえるかどうかはわからないが）、F社に長年勤める、総務全般を担当している、ドイツ人女性のベッカーさんと知り合うことができ、楽しく歓談できたことは、やや緊張してホテルを出た私にはとても快いひと時であった。

ただひとつなんとも不可解なことがおきた。このワイシャツの一件があってからというもの、F社からわがホテルへの宿泊の予約が急増したのだ。9月末までの前年比で20％増だ。それまでは、私の勤めるホテルと同じカテゴリーで、五つ星のフランクフルト市内の競合ホテルを予約していたらしい。F社の秘書のベッカーさんとは電話でよく話す。彼女のご主人は日本人だ。彼女のモットーは、ドイツ人がよく使いたがる比喩だが、〝ひとつのケーキは同業者が公平に皆で取り分けるべき〟ということであった。ケーキというのは、直径30㎝ほどの丸型のホイップクリームケーキを念頭に置いている。すなわち、出張者の宿泊の予約は市内のいくつかのホテルに対し、公平、均等にしている、というのが彼女の言わんとすることだ。

私の雇用主であったホテルの規定であったのだが、1年2種のセミナーに参加することが義務つけられていた。私は、〝クレームをチャンスと見る〟とか、〝クレームをチャンスに変える〟というようなテーマでのセミナーを選んで、参加したことがあったが、今回の一件は、まさにクレームを誠心誠意処理することにより、これがチャンスになりうるという事実を実証することのできた一件であった。

今回のクレームで感じたことは、ドイツ人はよく、これは我々の関与すべきことではない（Das ist nicht unsere Sache）とか、これはあなたの問題です（Das ist Ihre Sache）という言い方をし、要するに責任逃れをするのだが、誰がしたことであっても、どのような経路で発生したことであっても、すべて私どもホテルの責任ですと言わなければ、日本人は気が済まないであろう、ということであった。私は、F社から予約が入ると、未だにオレンジ色のマーカーで〝要注意〟の印をつける。

ユカタサービス

私が当ホテルに入社する前に企画されたそうだが、上のカテゴリーのスーペリアの部屋を予約したお客様に、浴衣サービスがあるということだった。ヨーロッパ人対応の一般ゲストリレーションのRさんと一緒に部屋のチェックに回ったときのことだった。Rさんはこのホテルに入社する前は40歳を過ぎるまで、ルフトハンザドイツ航空のファーストクラス専門のスチュワーデスをしていた人であり、さすが人当たりがよく、まさに接客業のために生まれてきたともいえる人であった。デンマークの出身であったが、ドイツ語、英語は完璧であった。

彼女は私にバスルームのチェックの際に、これが日本人のお客様用のユ・カ・タだから、VIPのお客様の部屋へ入れるようにと言われ、バスルームのドアの後ろにかかっている真っ白な着物スタイルのガウンを示した。非常に薄手でこれを素肌に着たら必ず透けて見えるだろうと、瞬間にして想像した。ユ・カ・タと称するそのものは、絹50%、綿50%の素材の、袖の部分が幅広くなっている、こちらで言う室内着でハウスマンテルというものであった。これはバスローブともまた異なる。私が所属するセールス部の上司と私の前任者がフランクフルト郊外のアジアショップで50枚ほど購入したそうだ。かなりのいい値であったと聞いた。

その通称ユ・カ・タのポケットの中にスリッパと称するタオル地で、前が開いているぺったんこのサンダルが突っ込んであった。足に履くものが体に着るもののポケットに入っているということに抵抗を感じたが、このサンダルに関しては、なかなか履き心地がいいものだろうと思った。日本語できれいに印刷されたパンフレットにも、日本からのお客様に、スリッパと浴衣をお部屋に用意いたします、と謳ってあった。

日本人客のためを思い、浴衣ではないユ・カ・タに投資した私の上司には申し訳ないと思ったが、毎週金曜日に行われるセールスミーティングのときに、私はこのユ・カ・タに関し、ひとこと言う決心をした。

さて金曜日の午後2時、定例ミーティングの場で、私はかなり直接的、かつ具体的に、我々のホテルで浴衣と呼んでいるものは、実は浴衣と呼べるものではなく、単に着物スタイルのガウンである、と事情説明をした。この浴衣ではないユ・カ・タを浴衣と呼び、パンフレットにまで明記されているということになると、日本人客からクレームが出る原因にもなりかねないとも述べた。そして、ゲストの立場に立ってみると、このように透けるような素材の浴衣を出されるよりは、ごく普通の、厚地のタオル地の五つ星ホテルのバスローブが、バスルームにかかっていたほうがよほどうれしいのではないだろうか。

こちらドイツのデパートやブティックなどでは、絹の下着類が高級ランジェリーとして売られているが、日本人はまだ絹のものをじかに肌につけるということに慣れていないのではないかと思う。私が日本を離れるとき、母から、着慣れないからという理由で、お歳暮で頂いた絹の高級下着をもらった覚えがあった。最近の若い日本人は抵抗がないのかもしれないが、日本人男性のビジネスマンには、綿１００％のバスローブのほうが適切だと思った。

私の浴衣論の後、この代物を日本人ゲストにサービスとして出すことは即中止となった。こんな些細なことでクレームに対する詫び状を書くのは意味のないことだと思った。その代わり、スーペリアの部屋（カテゴリーの上の客室）を予約したお客様には、白の厚手のタオル地で、ホテルのロゴが入っているバスローブとスリッパ（サンダル）を出すことにした。

ある日、フロントに立っていると外線の電話が鳴り、受話器の向こう側には年配の女性の声があった。このドイツ人女性が言うには、何週間か前に、当ホテルに宿泊し、絹のガウンを部屋で着て、非常に気に入ったので2枚買い取りたいということであった。例の問題のユ・カ・タが欲しいというドイツ人が現れたのだ。今後も当ホテルのドイツ風浴衣のファンがいたら、どんどん買い取っていただきたい。ハウスキーピングの倉庫の片隅に埋もれているユ・カ・タがまだまだたくさんある。

ヤキトリの一件

ユ・カ・タと類似した出来事だが、今度は日本の食べ物の話だ。12月の最初の金曜日、翌年合併が決定している日本の二つの銀行のクリスマスパーティーが、これまた合同でわがホテルのバルザール（大広間）で、200名からの参加者を伴って行われた。M銀行の社員のへーゼンさんの顔が見えたので、パーティー前のカクテルの時間に挨拶し、彼女からT銀行の社員のミュラーさんを紹介してもらった。T銀行からは私の勤務していたホテルへの部屋の予約は過去1件もなかったので、始めまして、と挨拶するしかなかった。T銀行はわが強敵のフランクフルト市内のCホテルの隣にオフィスを構えていたので、実は予約が入ることは頭からあきらめていた。

果たして、M銀行とT銀行の合併後、部屋の予約が増えるものか減るものか正直言って見当がつかなかった。M銀行のへーゼンさんが少しがんばってくれれば、彼女はうちのファンだから、何とかある程度のルームナイト数を得られるかもしれないなどと考えたりした。

楽しいパーティーをお過ごしくださいと、挨拶したきりその晩はパーティーに顔を出すことはしなかった。へーゼンさんが頼んだミュージックバンドが、予定の時間を3時間過ぎているのに現れないと彼女はぼやいていたが、外見は至って落ち着いたものだ。こんなところがドイツ人の強みだとつくづく思ったものだった。どんな状況に至っても、冷静さを失わないというところには感心し、うらやましいと思う。日本人の女性秘書であったら、うろたえるか、自分が依頼したエージェントをののしり、大クレームをつけるのが落ちであろう。

パーティーが終了して、週明けの火曜日、私はヘーゼンさんに電話を入れた。これもセールス上、非常に重要な仕事であった。先週の金曜日のパーティーがどうであったか、彼女の感想が聞きたかったのだ。彼女は電話口で、「よくぞ聞いてくれました、ありがとう」と言うのを皮切りに、パーティーについて、ドイツ語では〝滝の流れのように語り続ける〟というが、滔々と語ってくれた。

会場にあてられたバンケットルームはとても感じがよく、3時間遅れで到着した音楽バンドも、わがホテルのテクニカー（技術関係専門のスタッフ）の協力のもと、ほぼ予定通りセッティングすることができたそうだ。ということで、パーティー全体は非常に和気藹々とした雰囲気で、とてもよかったとのことであった。

ところが、彼女がどうしても私に異議を述べたいことがある、ということがひとつあった。ケータリング面であった。食事が最悪だったという。私はもちろん突っ込んで聞いてみた。彼女の話によると、うちのバンケットセクションでクリスマスパーティーを申し込んだ際に、参加者のうち日本人の社員が半分くらいを占めているので、お寿司と焼き鳥をドイツ料理とあわせて注文したという。明らかに私の落ち度だったが、この情報は持ちあわせていなかった。焼き鳥と称して、会場のテーブルのビュッフェに並んでいたのは、なんと大きく角切りにされた鶏肉が、パプリカ（ピリッとする粉状の香料で、ハンガリー名物のグラッシュという料理に使う）にまぶされ、串に刺さっていたそうである。彼女が言うには、ご丁寧にもさらに焼き鳥の皿の隣には醤油のビンがおいてあったそうだ。正真正銘のキッコーマン醤油だったそうだ。

ヘーゼンさんは、子供の頃、8年間東京で暮らしたことがある。日本語も少しできるし、日本食も知っている。彼女は電話口で私にこう語った。「ドイツ人のコックが焼き鳥を作ると知っていたら、たぶん頼まなかったわ。日本人社員が喜ぶと思って日本のものを少し出したかったのだけど、とんだ焼き鳥が出てきてしまって……」

ヘーゼンさんとの長い電話の後、私の頭は焼き鳥問題でいっぱいになった。私はとにかく謝った。そしてヘーゼンさんが私にすべてを語ってくれたことに感謝した。この一件について、私はすぐにセールスレポートに上げた。たかが焼き鳥……という問題ではない。契約違反だといってもいいくらいだ。

パーティーの申し込み時点でオーダーされ、コンファームされた食事が出せなかったのだから、1銭ももらえなくても文句が言えないはずだとも思った。それにしても、どうしてこうもドイツ人のコックは、プライドが高いのだろう。後で聞きだしてみたら、日本料理の調理本を見て調理したそうだ。私は何かそのコック長に裏切られたような気がして悲しくなった。

3日後の金曜日、またある日系の銀行のクリスマスパーティーがある。私は彼らがホテルのカフェでバンケット部のリーダーと打ち合わせをした際、焼き鳥を注文していたのをはっきりと記憶にとどめていた。同じクレームを二度繰り返してはいけない。二度目のクレームは何が何でも防がなくてはならないと心に決めた。あまり時間がない。すぐにキッチンのコック長に打ち合わせミーティングの依頼を出した。

最後のサムライ

ドイツの夏の終わりはあっという間にやってくる。あの日は夏の終わりというよりは、秋風の漂う日であった。私の常勤しているセールスオフィスの電話が鳴り、日本語しか話せない日本人が来ているから、フロントに下りてきて欲しいとのことであった。フロントに出ると、リュックサックを背負った小柄な紳士風の日本人がにこやかな笑顔で私のほうに歩み寄ってきた。彼は我々のホテルの泊まり客ではないことを体裁悪そうに告げ、今、彼はホテル内にテナントで入っている鉄板焼きレストランで食事をした際、ホテルに日本人スタッフがいることを知り、つまり、私を訪ねてフロントにやってきたという。

用件はというと、フランクフルトでオートバイをレンタルし、南ドイツ、できればスイスまで走りたいということだった。失礼だが、その年齢でこの秋空をオートバイで走りたいとは、勇敢な日本人もいるものだと思った。またまた失礼だが、英語もそれほど達者とは思えなかった。ハイデルベルクから古城街道を経由し、ローテンブルクからミュンヘン、ノイシュバンシュタイン城を観光し、スイスへ抜けたいとのことである。ルート的には、まったくありきたりの日本人観光コースである。違うのは、このコースを大きな観光バスに揺られ、日本語の解説をイヤホンで聞きながらではなく、ひとりでオートバイで走りぬくという点である。

早速ホテルのコンセルジュにその旨を伝え、手配してもらうことにした。わがコンセルジュもそのお客様をちらりと見、今日は珍しく微笑みながら、レンタカー会社に電話してくれた。日本ではホンダの二輪車に乗っているとかで、アメリカのオートバイが希望だという。結局400ccのハーレーダビッドソンを走行距離込みで、1日250マルクで借りることに決まった。

すでにシーズンオフだったので、比較的よいレートで借りられたようだ。ヘルメットも念のため、SサイズとMサイズの両方をオーダーした。翌日の朝10時にホテルに届けてもらう手はずにした。お客様からは一応、ギャランティとしてクレジットカードの写しをもらった。名刺交換をしたところ、Tさんは東京のある大きなデパートの紳士服担当の部長さんであった。当日の朝10時、ハーレーダビッドソンでさっそうとフランクフルトを出発するTさんの姿が見られなくて残念だと思った。

そして当日、私は10時5分ほど前に自宅から電話を入れ、コンセルジュにすべてOKかと尋ねた。Tさんはある郊外のホテルから早々とわがホテルに到着しロビーで待っているがオートバイはまだ来ていないとのことだった。コンセルジュいわく、まだ10時まで5分あるから心配するなと、例のごとくたしなめられた。いつも通り昼12時に出勤し、ポルトガル人のコンセルジュに、Tさんは無事出発したかと尋ねると、すべてうまくいったよ、という返事が返ってきてほっとした。そしてその早番のコンセルジュは私に、Tさんは日本の〝最後のサムライ〟(Der letzte Samurai) だね、ともらした。そのコンセルジュは、Tさんのような勇気のある日本人旅行者を見たことがなかったのだ。彼はいつも添乗員の後に、ぞろぞろと付いて歩くグループ旅行者しか知らなかったのだ。

それから8日後、日も暮れた頃、Tさんは再びわがホテルに元気に帰ってきた。フランクフルト市内に入ってから一方通行に苦労し、40~50分ぐるぐる回ったと言っていた。黒皮のオーバーオール姿のTさんはたくましかった。Tさんは長時間の運転で手が震えていると言った。今晩のホテルをまだ決めていないというので、わがホテルの朝食込みのウィークエンドレート（週末料金）をオファーした。その日はちょうど金曜日であった。

ウィークエンドレートはシングルもダブルも同料金なので、私はもちろん一番広いダブルのデザイナールームをアサインした。デザイナールームは名前の通り、部屋によって家具が異なり、ちょっと贅沢で、おしゃれな雰囲気の客室であった。Tさんはルームキーを受け取ると、悠々とエレベーターに向かい、部屋に上がった。30分ほどして再びフロントに下りてきたTさんは、どこか夕食用にホテル内のレストランを紹介して欲しいというので、シーフードレストランに案内した。ディナーに入るTさんは、しゃきっとした紺色のブレザー姿だった。

Tさんはドイツとスイスをオートバイで走るのが、長年の夢であったと私に語った。ヨーロッパ旅行はこれが二度目、というTさんの夢を実現させる手助けが少しでもできたのであったのなら、私はうれしい。毎日の仕事のこんなひと時が、ホテル業に就業した甲斐があったと思える瞬間かもしれない。Tさんから帰国後、美しい和紙の便箋に書かれた達筆で、丁寧な礼状が届いた。

日本のマイケル・ジャクソン

コンセルジュがフロントのバックオフィスに飛び込んできて、日本のマイケル・ジャクソンを見たという。私は、またきっと、ジャクソンの様な全身黒ずくめの日本の若者が異様な雰囲気でロビーでも歩いているのだと思い、興味津々でバックオフィスからロビーに出てみたが、事は大違いだった。なんと中年の小柄な日本人男性が、白いマスクをして、カウンターで両替しているではないか。無知な私がスタッフに尋ねると、何でもマイケル・ジャクソンが黒いマスクをしてステージに立ったことがあったそうだ。

ドイツ人はマスクというものをしないから、マスクを知らない。風邪を引いているから、咳が出るからといって、白いマスクをするのは、東洋人独特の習慣である。ホテルのコンセルジュは、初めてマスクをつけて公共の場を歩く人間を見たらしい。私にとっては、容姿ともマイケル・ジャクソンとは程遠い、ごく当たり前の日本人客のスーツケースをチェックイン済みの客室に上げるようポーターに依頼し、カウンターを去った。

日本では周りの人に風邪をうつさないためにという、意味あいもないこともないが、どちらかというと、たちの悪いウイルス性の流感がはやっているときには、自分自身を防備するためにマスクをするのだと説明した。風邪の予防マスクをマイケル・ジャクソンに結びつける発想が面白かった。

こんなドイツ人が、コロナウイルスによる感染を自他ともに防止するため、2020年4月27日付けで、国で決めたマスク着用義務を遵守し、全員がマスクをし出したのだから皮肉なものだ。義務であるからには、一時は、マスクを公共の場で着用していないと、50ユーロの罰金が徴収されるといわれた時期があった。公安局の職員が、市中の広場などでは見回りをしていた。

一度、路面電車の中で、マスクを着用していない乗客がいて、同じ車両に乗っていた複数の人々から、即座にマスクをするようにと注意を受けていた光景を見た。

ひとつ面白い実話がある。ある政治家が、マスク着用義務が始まってまだ間もない頃、鼻から外れたところで、口だけをかくすようにマスクをしていた姿がテレビのニュースに映された。誰かがその政治家に、マスクは鼻と口の両方が隠れるように着用すべきだと注意した。その政治家は、ドイツ語ではマスクのことを〝Mundschutz〟ムントゥシゥユッと言い、〝口を保護する、守るもの〟というものだから、口だけ覆えばいいと思っていたらしい。

その話が事実かどうかはわからないが、私もテレビのニュースで、その政治家が周囲の人に注意された後、苦笑いしながら、慌ててマスクを正しい位置に着用し直していた姿を見ている。それほどドイツ人はコロナ禍が始まるまでは、マスクとはまったく縁がなかった国民である。

コトアーベント（琴の夕べ）

わがホテルで、琴の音色を聞きながらのディナーショーを企画した。四国の松山市がドイツのフライブルク（バーデンヴュテンブルク州の人口約24万人の都市）と姉妹都市提携を結んで5年になるそうだ。この5周年を記念して、松山市から国際交流団がフライブルクを訪れ、琴演奏会を行うという。その間、一行はフランクフルトのわがホテルに2回にわたり、各々一泊することになった。フライブルクで予定されているコンサートまで数日時間があった。その間、一行はベルリンフィルを聞いたり、お決まりの観光に時間を費やすということだ。

それではその時間を利用してうちのホテルで琴のミニ演奏会をしてもらってはどうかと、ホテルで一緒にセールスの仕事をしていたS氏が言い出した。琴のコンサートと、わがホテル内レストランで売り物にしているシーフードのメニューを組み合わせて、ディナーショーとして在独日系企業に、セールスしようということになった。その旨、S氏が松山市に問い合わせると、果たして答えは、ノー。どうも、食事中に楽器をひくということ自体に抵抗があるらしい。

しかし、コンサートと食事場所を別にするならOKということになり、早速メイリングの準備にとりかかったのが、一行到着の一ヶ月ちょっと前であった。120社あまりの日系企業に案内状を日本語、独語の両方で出した。インフォポストというので発送すると、ドイツ国内なら20グラムまで、通常の郵便料金の半分で済む。案内状のタイトルを〝琴の夕べ〟(ドイツ語で〝コトアーベント〟)とし、演奏される曲目を書き、4コースのシーフドメニューとあわせて、税込み料金86マルク(当時ドイツ通貨はマルク)と案内した。この価格は適当に出した価格ではなく、うちのレストランのコースメニューの売値であったので、内訳をあかせばコンサートは無料のおまけであったのだ。

セールスミーティングの際、私の上司にこの企画を提案すると、まず86マルクでは安すぎるといわれた。東京のレストランでは、この値段では4コースメニューは絶対に食べられないだろう、というのだ。彼は何でも対日本人の料金設定に関することは、日本円に換算して考える悪い癖がある。120マルクぐらいが妥当だという。私は100マルクを超える値段では売れるものも売れなくなると反論し、せいぜい98マルクどまりでなければと主張し、最終的には私の見積もった価格を通してもらうことができた。

メイリングが終わって1週間が経ち、2週間が過ぎた。集まらない。予約がたった6名だ。3週間経って、インターナショナルウーマンズクラブの会員名簿をホテル総支配人の秘書のJさんからもらい、またまたメイリング作業に取り掛かった。150名のフランクフルト在住の会員のアドレスをピックアップした。それでも、予約状況は依然として、はかばかしくなかった。ちょうど1週間前になって、フランクフルトでポピュラーな新聞社に電話し、催しもの欄の広告を出す依頼をし、さらにコンサート当日の新聞には、コトアーベントを記事として紹介してもらうことにした。

ホテルのPR（広報）担当のRさんから、琴という楽器をどう説明すればいいのかと問われ、琴とは日本の伝統的な楽器で、ハープを細長くして横にしたようなものであると説明したものの、後になって、果たして正しい説明であったのかしらと、一抹の不安がよぎった。

私の同僚の日本人であるS氏は、知り合いのドイツ人にかたっぱしから声をかけ、とにかく20人の予約をかき集めてきた。その中には、彼の長年の知り合いであり、ビジネスパートナーであるという理由から、彼の費用負担、すなわち自前で招待した人々も何人かいた。

長さ250cm、幅40cm、高さ15cmの大型琴と長さ185cm、幅30cm、高さ10cmの小型琴、そして三味線3台をたがえて一行8名は到着した。前もって4つのツインルームをチェックし、お煎茶サービスのセットも部屋に入れた。無料でコンサートをサービスしてくれる彼らをVIPとして扱った。日本から到着したその翌日、一行は飛行機でベルリンへ発った。明後日、再びベルリンからフランクフルトのわがホテルに戻ってくる。その日がコトアーベント（琴の夕べ）である。

彼らが言うには、本来、3〜4日前から楽器をケースから出し、外気になじませておかなければならないとのことであったが、このご一行様、もし楽器をカバーから出して琴が倒れでもしたら大変と、考えに考えた末、結局カバーに入れた状態で預かって欲しいと申し出てきた。和楽器に関する知識など毛頭ない私には、100％理解できない部分も多々あったが、普段は事務机と身体障害のゲスト用の車イスがひとつ置いてあるだけの、第2バケージルーム（荷物置き場）を楽器預かり場所として設定した。

さていよいよ当日、最後のあがきとでも言おうか、うちのコンセルジュを通してロビー階の入り口付近に、もちろんドイツ語で、コトアーベント19時30分より、という掲示を出した。ホテルの宿泊客には、無料で聞いてもらおうという考えもあったが、うまくいけばシーフードレストランに目を向けさせることができるのではという思惑もあったからだ。

夕方5時から練習が開始された。隣のコンフェレンツルーム（会議室）は予約済みで、別のお客様が会議で使用中であったが、そこから出たクレームをやんわりと伝えたが、ご一行様は黙々と練習を続けていた。19時30分、開幕の運びとなったが、S氏と私にとって、もう予約人数はどうでもよかった。最終的に、50～60名は集めることができたと思う。

コンサート開始の際と終了の際には、日本語からドイツ語への通訳を雇い、演奏グループのリーダー格の人の解説をドイツ人のお客様のために独訳してもらった。客の一人になって、通訳の奮闘する姿を見るのはいい気なもので、あそこはこういう表現を使ったほうがいいのではとか、ここはもっと別な言い方があるはずだなどと、適当に頭の中で批判しながら、昔フリーの通訳と銘打ってあちこち飛び回っていた頃の自分の姿をふと思い出したりした。

当ホテルのバルザール（Ballsall）での琴の音色はやはり美しかった。ドイツ人にとっても決して不快な音色ではないと思う。さくらバリエーション、落ち葉の踊り、五月雨といった3曲で、解説を含めて約1時間のミニコンサートは無事終了した。私はホテル側のゲストリレーションという本来のお役目を忘れ、かつてまったく縁のなかった、日本の和楽器にすっかり魅了され、瞬く間に過ぎ去った、心地よい1時間を過ごしたのである。

ある日本からの視察グループが、ドイツで完全なホームシックに陥り、ハイデルベルクの旧市街から見て、山の中腹にある古城で、〝荒城の月〟を合唱し、いわゆるうっぷん晴らしをしたという話を聞いたことがあるが、日本の歌やメロディーは日本の食べ物よりも、また、日本の映画や読み物などよりも、海外に過ごす日本人が、日本に思いをはせることができるための、何よりの特効薬なのではないかと思う。

あの膨大なメイリングの仕事を振り返ると、五十数名の予約ではちょっと寂しい気もするが、よくもこれだけ集まってくださったという、感謝の気持ちと安堵の気持ちを持つことはできた。せっかく無料で琴を弾いてくれるというのに、会場の半分しかふさがらなかったという状況では、申し訳ないという気持ちを、私もS氏も最後まで捨てきれずにいたことは否定できない。

コンサートの後、聴衆はディナーへと流れた。前菜、スープ、メイン、デザートのシーフードの4コースメニューであった。ある日系の生命保険会社からは社員が秘書も含め、4名でテーブルを囲んでいた。例のワイシャツの一件で、お世話になった日系電気会社F社の秘書ベッカーさんも、日本人のご主人と二人で来ていた。ご主人が四国の松山の出身だそうだ。ある日系コンタクトレンズメーカーのフランクフルトオフィス支店長の姿も見えていた。コンタクトレンズではなく、眼鏡をかけていた。

私は各テーブルを回り、これらの人々に挨拶をした。このコトアーベントもいわゆる、セールス活動の一環として企画したことであった。顔つなぎは大切だと思う。数年前によく私がツアーの観光ガイドとして訪れていた、ライン川沿いのワインの町、リューデスハイムのブロイヤー氏が、彼のお母さんと来てくれていた。ブロイヤー一家はワイン用のブドウ畑を持っており、ワインの生産を手広く行い、ドロッセルガッセ（つぐみ横丁）という、どんなガイドブックにも出てくるドイツで最も小さな、しかし有名なレストラン通りにワインレストランも経営している。

かつて、私のガイド時代には、日本からのグループのために、ブロイヤー家のワインセラーで5種類のワインの試飲会をしてもらったものだ。ブロイヤー氏は弟さんと一緒に家業を継ぎ、成功している事業家の一人である。この二人は我々の側からの実は招待客であった。彼らの他にも我々が招待した客が何人か含まれていた。もちろんこれを機にホテル宿泊の予約が増えてくれれば、という希望はあったが、決して押し売りセールスや恩着せセールスはしているつもりはない。

私は自分では一度も有能なセールスウーマンだと思ったことはないし、有能なガストゲーバー（接待者）だと認識したこともない。それどころか数年前までは、自分のことを接客業には向いていないとさえ思っていた。そんな私が、一日何人ものお客様相手ににこやかにスモールトークを交わし、今後とも、どうぞよろしくお願いしますと頭を下げ、電話口では極めて明るい声を出し、次のアポイントメントを取るという毎日の仕事内容を考えると、なぜこんな職種が私に授かったものか、時々おかしく思うことがある。

職業という言葉はドイツ語で、Beruf（ベルーフ）という。この名詞はberufen（ベルーフェン）という動詞からきており、招聘する、任命するということを意味する。ある人に天職を授ける、ということをも意味する。これが私に授けられた天職ならば、健康でいられる限り、この天職に全うするしかないと思う今日この頃である。

ホテルで自分が最初から最後まで、オーガナイズしたかなり大きなイベントであったので、100点満点で80点ほどの成功率であったと自負し、それなりの達成感も湧いてきた。コトアーベント（琴の夕べ）の夕食会も、あと30分で日付けが変わろうとする頃、平和に幕を閉じ、お客さんは皆、満足げに帰宅の途についた。

近代と歴史が調和するフランクフルト近郊

フランクフルト中心街

フランクフルト中心街

第3章

旅行エージェントで働く

旅行エージェント時代

ホテルでの仕事を5年半ほどで辞め、ホテル時代に仕事上で知り合った、日系旅行エージェントの支店長を通し、その旅行エージェントに転職したのは、1999年7月1日付けであり、2005年12月31日付けで退職するまで、予定以上の長い年月をこの職場で過ごすことになった。

日本では最大手の旅行代理店であった。旅行エージェントと言うと、華やかな職種であるというようなイメージを持っている人がいるかもしれないが、内情は至って地味で、詳細に及ぶ正確性のみが問われる業種であった。

入社後、私がまず配属されたのは、テクニカルビジット、略してTVと呼んでいたが、日本から要請のあった職種の現地視察を手配する部署であった。ドイツ人ふたりと私の3人の部署であった。サッシ（窓）のメーカーを視察したいとか、市役所の市長と質疑応答したいとか、環境問題に取り組んでいる、お手本的な町を訪問したいとか、ドイツの各種学校を視察したいとかという、さまざまな希望に応えるべく、ひたすら受け入れ先を探しまくり、うまく了解が取れたら、日本側にコンファームを出し、その時点から準備が開始する。

日本からの企業単位のお客様が大半だが、お客様がどのような視察を望んでいるのかから始まり、質問状などの資料を日本から送ってもらい、通訳を手配する。内容の難易度により、A級ないしB級のフリーの通訳で、私の雇用主である旅行エージェントに登録されている人の中から、適切な人を探し、視察当日、通訳業をすることが可能であるか否か確認する。そしてバスの手配をコーチ手配の部署に依頼する。昼食が必要であれば、社内のレストランセクションにその旨依頼をする。

日本からの依頼は半年から1年前ぐらいに入ってくることが多かったと記憶する。当日何もアクシデントが起こらず、スムーズに行けばそれで無事終了だが、クレームが発生した場合は最悪だ。バスのドライバーが目的地までの道を知らず、予定以上に時間を要し、アポの場所への到着が、遅刻寸前であったとか、食事が出るのが遅かったとか、いろいろな種類のクレームが考えられる。通訳に対するクレームは、めったに無かったと思う。

このTVセクションに2年ほど勤務し、その後は、レストランセクションに配置されたが、ここはドイツ人の男性社員とふたりきりの部署であった。定型ツアー、すなわち日本のわが社のカタログから、出来上がりのコースをお客さんが購入し、たいてい添乗員付きのドイツロマンチック街道8日間とか、古城街道何日間とか、東欧を巡る旅とか、決まったコースのために、すでに1年前から仕入れをしている、特定のレストランに昼食、夕食の予約を入れる。人数変更があった場合は、随時変更する。

カタログツアーのほかにも、インセンティブツアーだとか、視察がらみのツアーなどがあり、これらのツアーの場合は、レストランは決まっていないので、ツアーの要望があれば、それをできうる限り受け入れ、なければ私のほうでツアーの行程にあわせ、適切な食事場所を選び予約する。

私の在籍するこのセクションは、日本からのグループの会議場や催し物会場の手配もした。いわゆる、会議で必要とする備品関係の予約を含めた、ホテルのバンケットルームの予約である。宿泊ホテルで、いわゆる〝個室〟というか、グループだけで食事をするための部屋を予約することもあれば、会議室を貸し切って、会議をするための予約をすることもあった。後者は、劇場スタイル、教室スタイル、コの字型（ドイツではU字型という）など、座席のスタイルの決定から、会議に必要なエクイップメントの決定など、ちょっと複雑である。

このような仕事をしばらくし、やがて、いわゆるファイルセクションという部署に配置換えになった。この部署は8名ほどから成り立っており、ツアー全体を日本側からフランクフルトの支店へツアー設定依頼があった時点から、ツアーが日本へ帰国するまで、一切のトータルケアをする部署であった。

各人が担当のツアーを数本、数十本持ち、ツアーの添乗員の窓口でもあり、当然クレーム受付の部署でもあった。ツアーが日本を出発する少なくとも10日ほど前には、ツアーアイテナリーという、ガイド、コーチ、食事場所、観光場所などの情報がすべて網羅された日程表を英語で仕上げ、バウチャーと呼ばれる予約クーポンを印刷したうえ、小冊子として作成し、そのツアーを最初に担当するガイドへ発送して、一応受け入れ準備は終了する。

通常、フランクフルト空港で日本発、フランクフルト着のツアーとミートし、バスで到着日の宿泊ホテルまで、同行する空港アシスタントが最初の現地担当者となる。このようなフリーの人たちが行う仕事をトランスファーアシスタントと呼んでいた。

このファイルセクションのドイツ人の同僚があるとき、日本側のツアー担当者からの変更事項があまりにも頻繁なため、切れてしまい、うっぷん晴らしだったのであろうか、「変更ソング」なるものを作ってしまった。日本は往々にして、〝時は金なり〟という感覚が皆無で、我々現地社員の時間は無償であるという感覚を持っていたので、とにかく、日本出発間際まで、変更の連続である。人数の変更から、食事内容の変更、ツアー日程の時間の変更、会議用備品の変更、すべて現地の各箇所に予約、決定済みの事項である。

変更ソングの大まかな内容はというと、〝我々は来る日も来る日も変更をする。時には怒りをもって変更し、時には喜びをもって変更する。1週7日間、文句を言うことなく変更する。時には意識的に、時には無意識に。変更業務は我々に仕事を与えてくれるので感謝すべきかもしれない。我々は人々の要望に合わせ、ひたすら変更する。老いも若きも、過去一度変更したことをさらに変更する。我々は変更できるものはなんでも変更する。そして、ツアーの日程表はいつか仕上がり、きっと変更事項も開花する。だから我々は、朝から夕方まで、変更でき得るものはなんでも変更する。今日も変更作業をして、これから先も果てしなく変更作業をする。我々に、その意義を試行錯誤する時間は残されていない。〟というもので、これは日本語訳だが、ドイツ語で読むと、ちゃんとドイツ語の韻を踏んでいるので歯切れがいい。

最初読んだ時には皆で大笑いしたが、やがて何かモンモンとした、砂漠の中をひたすら前進しているような、うっそうとしたものを感じたものだった。この唄の最後には、ひとこと、〝変更の可能性あり〟と追記されていた。

高血圧の薬を飲むようになったのはこのファイルセクションを担当し、しばらく経った頃であった。私の高血圧は、腰の痛みのため整形外科を訪れた際、偶然発覚したのであった。一般に高血圧は自覚症状がなく、偶然発見されることが多いといわれるが、私の場合も例外ではなかった。整形外科でたまたま血圧を測定し、上が180近くあり、診断のあと、会社に出社する予定であったが、血圧降下剤を飲まされ、この状態で診療室を去ることを許すことはできないといわれ、しばらく診療室で休むように言われた。

間もなく、血圧も正常に下がり、その日会社に行ったかどうかは覚えていないが、日を改めて一般内科のかかりつけの医者のアポを取り付け、きちんと診断を受けることにしたのだったと思う。長時間血圧測定器というものを腰のあたりにぶら下げ、朝から翌日の朝まで24時間、血圧を測定した。時折、血圧の変化が起こると周囲にも聞こえるような異様な音がしたことを覚えている。24時間後、医者に持って行くと、1日の血圧が数値で測定表となって自動作成された。

私の場合は、午後の2時半過ぎから血圧が上がり始めていた。午前中はゆったり仕事をしていて、午後になると、その逆の仕事の仕方になるということであろうか。その後は、高血圧は肝臓に関連しているということで、指定された病院で肝臓の検査をしたりしたが、関連性は発見されず、結局、体質、遺伝ということになり、それからというもの、毎日朝晩の服薬が始まり、これは一生続けなければならないといわれた。

さてファイルセクションのあとは、ホテルセクションに配属され、5~6人の同僚とともに、定型ツアーが訪れる、各都市のホテルの部屋を一年前に買い付けし、カタログに掲載されている、すべてのツアーの部屋をツアー催行の最高人数に合わせ仮予約したり、催行が決まったツアーの部屋の予約を行う。人数変更などがあれば適宜変更する。キャンセルチャージなどが発生すれば、日本の担当者宛てに請求する。

この部署のリーダー格は、ドイツ人男性であったが、彼は昔一度退職した、いわば出戻りであった。いったん退職はしたものの、やはり他社より居心地が良かったと痛感し、私が勤めるこの日本の旅行エージェントに舞い戻ってきたドイツ人社員は彼の他にも2人いた。

この部署での勤務を最後に、私は退職を決心した。理由は一言でいえば、精神的、体力的な疲れであったと思う。2005年の秋の退職を考えていたが、人事、総務課のドイツ人の部長から、年末付けの退職にした方が年金など、さまざまな面で有利であるとのアドバイスを受け、退職は、入社後ほぼ6年半を経過した、2005年12月31日付けであった。

退職の約3ヶ月前に、職安で失業手当ての受給を受けるための手続きをとり、翌年1月から毎月6割強の失業手当を受給することになった。年齢など考慮され、確か私の場合は、2年間ほどの受給の権利があったが、権利期間すべてを使い切ることなく、次の職場で新規スタートを切ることとなった。退職時は、そのあとの仕事の当てがあったわけではなく、ただひたすら休みたい、頭を空にしたいという一心であった。

この旅行エージェント勤務時代の話を一つだけ紹介したい。

企画ツアー

旅行エージェント勤務時代、フランクフルト支店長から社員全員に課題が出された。日本人向きの、フランクフルトを拠点としたツアーを企画し、提出する様にとのことだった。理由はよく覚えていないが、なぜか私の企画案も選抜され、私が紹介したフランクフルト郊外のこの街に、日本で結成された視察グループが、実際に訪れたのであった。そしてこの視察団の訪問後、〝田舎暮らしを楽しむ21人からのメッセージ〟という主題の他に、〝人々のこころの中にある田舎暮らしへの思い〟という副題がついた冊子に、視察レポートが掲載された。この冊子は、『諸外国の低密度居住地域対策に関する調査研究』として、日本の総務省自治行政過疎対策室により、平成16年3月発行された。以下、日本で製作された冊子に掲載されたままの文章を紹介したいと思う。

＊　＊　＊　＊　＊

〝障害を持った子供に馬とのふれあいを〟
都市近郊の豊かな田園環境を活かす

ロルフ　ドーリング　Rolf Doering（ドイツ、フランクフルト近郊在住）
1952年　フランクフルトに生まれる
1980年　フランクフルトに身障者のための乗馬クラブ開設
2002年　ＲＣＮ（ニーダーウルゼル乗馬クラブ）開設

ロルフ・ドーリングさんは、フランクフルト近郊で障害者に馬との触れ合いを体験させる乗馬クラブを運営している。乗馬はダウン症や心身に障害を負った子供の成長を促進し、リハビリテーションや心身のバランスを回復させる効果を発揮する。ロルフさんの乗馬クラブはフランクフルトの都心部から電車でわずか15分という至便の場所にありながら、田園の豊かな自然に恵まれて立地している。

障害者を受け入れる乗馬クラブ

ロルフさんの経営する乗馬クラブは、フランクフルト市の北西、ニーダーウルゼルという場所にある。乗馬クラブの敷地面積は約4・5ヘクタール、馬は43頭いる。クラブの会員は250人、運営は基本的にクラブ会費と寄付でまかなわれている。ロルフ氏の弁：「クラブの厩舎はもともと農家の粉ひき小屋だった建物で、築後50年ほどたっています。傷みがひどく改修が大変ですが、ここで乗馬をしている障害のある青少年たちが一緒になって修繕を手伝ってくれています。乗馬だけで終わらず、このような活動に加わることは大変有意義なことです。自分の役割を果たす喜びや、修理・修繕の必要性や意味の理解、そして何かを完成させる喜びを味わうことができるからです。」

とは言え、日々の清掃や馬糞の処理は会員の協力だけでは追いつかない。頼みになるのは家族の協力だ。大学で物理学を専攻する長男ペーター君はロルフさんの力仕事を手伝ってくれる強力な右腕だ。長女のテレーザさんは大学でドイツ文学を学ぶかたわら、乗馬競技では三位に入賞するほどの腕前を持っている。「掃除は大変ですが、馬はかわいいですよ。」というテレーザさんも、厩舎の掃除から、馬糞を荷車に積み込むようなきつい仕事まで、嫌がらずにこなしている。実はロルフさんたちは馬糞の処理に困っているのだ。今は近くの農家に有料で引き取ってもらっている。これも、財政事情の厳しいクラブにとっては、厳しい出費だ。

「馬は基本的に高価なものです。それに、私のところでは、乗馬を特殊な目的に利用していま す。だから、調教の段階から自前でするほうがいいのです。そうした理由からクラブの馬は ここで出産させるのを理想にしています。」馬の平均寿命は30～40年だ。クラブにはここで 生まれた10歳になる牡馬も折り、RCN純製の血統が育ってきていることが伺える。

乗馬の様々な効用

乗馬には、スピードや技を競うスポーツ競技としての魅力に加え、様々な効果が認められ ている。中でも硬くなったり動かなくなったりした筋肉を柔軟にするリハビリテーションの 効果は重要だ。また、馬に乗ってゆっくりと揺られることで、心身の回復に資する療養（セ ラピー）としての効果が期待できるという。ロルフさんはこれら3つの側面を乗馬と言う体 験を構成する重要な要素と考えている。健康な人にとってはもちろん、身体的に問題を抱え る人にとっても、乗馬は様々な刺激を与え、良い効果をもたらすのだ。この中で、ロルフさ んが養護セラピストとして特に注目しているのが、3つ目の、心身の回復に役立つ療養的な 効果だ。馬がゆっくり歩くときの上下振動、前後左右の揺れ、直進したりカーブしたりする ときの運動感覚、これらが心身の回復に役立つという。

馬に乗る体験は、テレビを見たりパソコンゲームをしたりするのとはまったく別の世界だ。

馬は生き物だ。大きな馬の目を間近に見て、いななきを聞き、ぬくもりを感じ、そのにおいに包まれる。乗馬体験は五感すべてを動員し、身体全体で受け止めるものだ。健常者、障害者を問わず、特に思春期の青少年には、こうした刺激が大きな効果を生むという。ロルフ氏の弁：「ある夏休み、私は養護学校の生徒に乗馬体験をさせたのです。その時の生徒達の大きな反応が私の進路を決めたといっても良いでしょう。」
こうした体験を、養護学校の生徒たち、知的障害者やダウン症の子供たち、車椅子の身体障害者、家庭崩壊で痛手を負った子供たちさせてみたい。馬の世話や厩舎での様々な仕事にも加わらせ、役割分担や責任感、グループで活動する意義や連携、他人とのつながりを学ばせたい。ここからロルフさんの乗馬クラブは始まった。

多忙をきわめるスケジュール

ロルフさんはいつも多忙なスケジュールをこなしている。午前と午後に分けて、養護学校の生徒と乗馬クラブの会員を教えるのが基本だが、教える相手は、午前中が一般成人で午後は特殊学級のスポーツ科目と言うように大きく変わるし、幼稚園の障害児から体育を選考する大学生、更には職業体験を必須科目とする10年生のために、3、4人の少人数の乗馬授業も受け持つなど、対象となる生徒のバリエーションもきわめて広範囲にわたる。社会人の乗馬教師希望者向けコースも準備しているところだ。フランクフルト市内には、知的障害者やダウン症の人々に仕事を提供する作業所が数箇所ある。根気良く丁寧な仕事ぶりから、この作業所で作られる木工品などは評判が良い。こうした作品を買い取ってくれる企業との連携やスポンサーシップの獲得も、ロルフさんの大切な仕事になっている。しかし、これだけ働いてもクラブの経営は厳しい。

財政難が頭痛の種

ＲＣＮ乗馬クラブは基本的に個人会員制である。だが、その会費や授業料だけではとても経費を賄いきれない。障害者の子供たちに対する授業も有償だ。しかし貧しい家庭の子供もいて、会費を免除することも少なくないという。「地方自治体からの助成金は年間一人に付き4ユーロ（約500円）です。1ヶ月ではありません。1年間でですよ。」とロルフさんは苦笑いする。そこでロルフさんは収入確保のため、様々なアイデアを考えている。例えば、お祭りやイベント向けの馬車を2台用意し、出張サービスを行っている。また、厩舎となっている建物の一部をアパートとして貸したりもしている。

ロルフ氏の弁：「乗馬は社会的なプレステージのあるスポーツです。その乗馬を、こうして楽しんでいる障害児がいるということが、彼らのステータスを高めることになると思っています。私の目的は、乗馬を通じて、障害者の人格形成がトータルに進むことなのです。車椅子の子供が、初めて馬に乗って、高い視線と、4本の頑丈な足で歩く体験をするとき、それが彼らにとってどれほど嬉しく、また大きな自身につながっていくか、想像がつきますか。」

都心部から15分の「田舎」

ロルフさんの乗馬クラブのもうひとつの重要な特色は、この場所が、フランクフルトの都心部から地下鉄でわずか15分という場所に立地していることだ。それだけ都心部に近い場所にありながら、クラブの周辺には、雑木林や牧草地が広がる緑豊かな環境が残されている。クラブが立地するニーダーウルゼルは、高度成長期に郊外住宅地と都心部を結ぶ鉄道が敷かれ、田園の良好な環境を残しながら、都心部と結ばれたという特色のある場所だ。障害を持ちながらも乗馬を楽しもうとする人たちのために、この近距離性は何よりも重要な条件といえよう。実は、ロルフさんは、この場所にクラブを開く前、フランクフルト市郊外の別の場所で馬場を借りて乗馬体験を行っていた。しかし、その場所はやや手狭であった上、ロルフさんのセラピーに対し持ち主の理解が得られなかったため、トラブル続きだった。自前の馬場と厩舎を、こんなにも都市に近い場所に構えることができたのは、ロルフさんにとって、千載一遇のチャンスだったのだ。馬にあけ、馬にくれる多忙な毎日を舞い過ごしながらも、ロルフさんは、この環境を最大限に生かしながら、人々のために働き続けている。

＊　＊　＊　＊　＊

これが、私が提案した企画ツアーの成果品ともいえるものであった。

このロルフ・ドーリング氏はもちろん個人的に知っていた。知り合って、共鳴したからこそこのような企画を提案したわけである。前述した文章の〝財政難が頭痛の種〟と言う段落に、建物の一部をアパートとして賃貸しているというくだりがあるが、このアパートの、さらに一角を学生時代に借りていたのが私の長女であった。ロルフさんは娘が借りたひと部屋の大家さんでもあったのだ。このアパートはまた、フランクフルトゲーテ大学の理科系学部が集約されている、大学キャンパスまで徒歩で10分ほどの場所であったので、薬学生時代の娘には、それこそ最高の立地であった。

一部屋のアパートで、シャワー、キッチンなどは他の学生と共同使用であったので、家賃も安く、経済的にも最適であった。さらには、〝馬乗り放題〟と言うおまけが付いていた。部屋の家賃に馬の借り賃が含まれていたのだ。

娘は、子供の頃から定期的に乗馬のレッスンを、他の乗馬クラブで受けていたので、トラップ（ゆっくり歩き）程度の乗馬はできていた。〝いつでも好きなときに、無償で馬に乗ることができる〟と言う魅力にも惹かれ、このアパートの賃貸は即時決断に至ったことを思い出した。

乗馬をしてくれる人がいると、馬にとっても、運動になり、肥満防止にもなるとのことだった。実際、娘が何回馬を借り、乗馬をしたものかはわからないが、このアパートの賃貸期間中、片手で数えるほどの回数であったと思う。

こんなメリットがあったにもかかわらず、間もなく娘なりの不満も出て来て、1年半ほどで、この場所から程遠くない、別なアパートへ引越しすることになった。不満といえば、夜一寸遅く帰宅する際に、地下鉄の駅からアパートまでの帰路が真っ暗で物騒であること、夜中就寝中、馬小屋の馬が出す音が気になったことであったと思う。

第4章

職場以外で起こったこと

マンション購入

マンションを購入したのは、勤務していた、フランクフルト市内の旅行エージェントを辞める年であった。何年も前から、小さなマンションを購入したいという夢は持っていたが、仕事の忙しさにかまけて、不動産情報を集めることもままならず、購入準備の開始も延ばし延ばしにしていた。

買取り〝マンション〟（語源は、フランス語の Maison）という言葉は、ドイツ語で Eigentumswohnung（アイゲントゥームスヴォーヌング、自己所有アパート）と言い、一戸建ての家の場合は、Eigentumshaus（アイゲントゥームスハウス、自己所有の家）という。

ある時、ある人から紹介され、北ドイツのハノーバー近郊出身のドイツ人と知り合った。当時彼は50歳初めであった。彼のことは仮にK氏と呼ぶが、エージェント勤務時代に知り合った、フランクフルト在住の30歳初めの韓国人M君から紹介されたのであった。

18歳年下のM君とはなぜか気が合った。韓国人の彼は韓国領事館を通して、離婚した父親のもとで北ドイツの高校を出た。母親はソウルへ帰ったそうだ。頭の切れる母親と、ガストアルバイター（外国人出稼ぎ労働者）としてドイツへやってきた、いわゆる高度教育を受けていない父親とは、所詮うまくいくはずがなかった、と彼は私に話したことがあった。M君が母親を慕っていたことは明らかだった。

高校卒業後、ドイツ人の大半は職業見習いをし、資格を取っていくが、そういった月並みの道に進むことなく、M君は北ドイツのハンブルク市内で、弁護士のところに転がり込み、書類の整理やら、ちょっとした手伝いをしていたらしい。日本人の音大生がガールフレンドだったという。その美人の彼女が日本へ帰国する際、一緒に日本へ来ないかと誘われたそうだが、M君はドイツに留まったそうだ。何でも彼女は東京の社長令嬢で、裕福な家庭の育ちだったそうだが、音楽をしていたためかやはりそれなりに、特にコンサート前など非常に神経質になり、もう音楽関係の女性をガールフレンドにするのはこれきりにすると言っていた。

M君とK氏がどこで、どのように知り合ったかは具体的に聞いたこともなく定かでないが、ハンブルク時代、K氏はM君のいわば父親代わりの存在であり、ドイツ語のMentor（精神的指導者）にあたる役割を果たし、K氏がM君のもっとも尊敬する人物であったことは疑う余地はない。私は一度市内のワイン酒場でM君とワインを飲みながら、彼がハンブルクでどんな暮らしをしていたのだとか、ガールフレンドの話やら、K氏の話やらを聞く機会を持った。

私にとってドイツで、アジア人と話すということがとても新鮮でもあった。もちろんお互いの共通言語はドイツ語であったが、M君はドイツで育ったとはいえ、アジア人のメンタリティーをまだ多分に持ち合わせていた。

M君は、北ドイツ、ハンブルクのある弁護士事務所で書類の整理などの簡単なアルバイト的な仕事に携わっており、職業経験豊かな大人の世界を垣間見、それなりに満足のいく生活を送っていたらしいが、いつの頃か、フランクフルトが所在するヘッセン州に隣接する、ラインランドファルツ州の州都マインツへやってきた。

マインツでは、飲食店のウエーターやホテルの夜勤をしたと言っていたように記憶している。その後、フランクフルトの和食レストランに拾われ、彼はウエーターとして働いた。レストランで借りていたアパートメントをあてがわれ、給料も月々得ていたが、その日本食レストランの経営が思わしくなくなり、閉業の運びとなってしまった。そのレストランの日本人オーナーがM君のことをとてもかわいがっており、店の閉業が決定すると、ある有名旅行エージェントに彼を売り込んだ。そのおかげでM君はうまくその会社に韓国人として就職することになったのであった。

フランクフルトには、サムソン、LG、さまざまな自動車メーカーなどの主要な韓国企業が多く所在している。デュッセルドルフが、日本企業のドイツにおける中心的な所在地であるように、フランクフルトは韓国企業の集約都市であった。韓国レストランや韓国系食品スーパーマーケットなども市内にたくさんある。

M君はその日本人レストランオーナーのことも父親代わりと言うほど、尊敬し、頼りにしていたらしく、旅行エージェントに就職が決まってからも、自分が得る月々の給料を全額そのオーナーに預け、管理してもらい、一気に使い果たしてしまい金欠状態にならぬよう、必要なときだけ、必要な額を手渡してもらうというやり方で生活していた。

彼はこんな風に入社し、勤務を始めた職場をわずか半年足らずで投げ出してしまったのだった。解雇されたわけでもないので、自分から放棄した、と言った方が当たっているかもしれない。彼はこの就職のために、力を貸してくれた元レストランのオーナーに申し訳ないと言っていたものの、職種がやはりどちらかというと女性向きの仕事で、彼には向いていなかったのであろう。あまりにも多くの書類の量とデットライン（期限）づめの仕事に嫌気がさしたに違いなかった。

私は、その後仕事を探すでもなく、ブラブラしていた彼に、職探しのアドバイスをし、M君はついにフランクフルト中心街の150室ほどの3つ星ホテルのナイトスタッフ、つまり夜11時から朝7時までのホテルのフロントの夜勤の職に就くことができたのであった。

私がK氏から、「自分の息子とも言えるM君にこれまで精神的なヘルプをしてくれ、また、無事に職に就くことができたので、何かお礼がしたい。あなたが今まで持ち続けていた夢で、いつかどうしても達成したいということなどあったら、何でも言ってほしい。その夢を果たすための手伝いをしたい」と言うオファーがあったのは、２００５年の3月か4月であったと思う。

その頃K氏は、実はM君のフランクフルトのアパートに居候していたのであった。なんでも、北ドイツから南ドイツのフライブルクという大学街に移動する途中、ちょっとM君の顔を見るために、フランクフルトに立ち寄ったということであった。そんなちょっとした立ち寄り滞在が、ほぼ1年にもなろうとは、本人自身も想像しえなかったであろうし、さらには、そのちょっと立ち寄った街で、彼の一生を終えることになろうなどとは、M君も私も予知するすべはなかった。

長く考えることなく、私は長年抱いていてまだ達成するに至っていない、マンション購入という時間的な理由、その他の理由でこれまで手を付けることが出来なった、いわばひと仕事を彼に託することにした。K氏は以前不動産関係の仕事にも関わっていたので、すぐ了解してくれた。正直、本来どのような仕事をK氏がこれまで営んできたのか、一口で表現することは私には不可能である。そのくらい多様な職種に携わっていたようである。ドイツの国から依頼を受け、ジャーナリスム関係の仕事で、ギリシャなど外国での滞在も多かったという。バイエルン州のある著名な政治家のガードマン的な仕事などもしていたらしいが、信憑性については、知る由もない。

マンション購入に際し、まずは私の予算額上限、立地条件を伝えた。立地条件は、ライン河の最も大きな支流であるマイン川まで徒歩5分内で行けること、市内中心街ないし私の職場から11、12ユーロのタクシー代で帰宅できる範囲内であり、当然、毎月の定期券も、最も低い金額のゾーン内であること、できれば地上階（EGと呼ぶ、日本式1階）ではなく、上階であることなどであった。私の予算額では、せいぜい2部屋から2部屋半のキッチン、バスルーム、コリドー（ちょっとした入り口ドア前のスペース）の住宅しか購入できないことは明らかであった。

それでも日本のマンションと比べると一部屋の作りが広々としているので、一概に2部屋、3部屋といってもそれほどミニチュアマンションというイメージはないかもしれない。当時、購入後のマンションの使い道は未定であった。とりあえず、今の時期に一軒マンションを購入しておこうと、漠然と考えていただけであった。

やがて、K氏の私のためのマンション探しが始まった。いくつかマイン川に近い、予算額内の物件が見つかり、私も立地を確認するため、これと思う物件の確認に出向いたが、不動産の担当者と住宅の中の最終的な下見をしたのは、購入した物件のみであった。それはマイン川河畔まで徒歩1分、バルコニーが西側と東側にひとつずつ付いている、70平米弱の2LDKのマンションであった。市の中心街まで歩こうと思えば、20分ぐらいで歩ける場所にあった。

マイン川を隔て、当時はまだ建築予定地であった、欧州中央銀行が建っており、バルコニーからその建物を眺めることができる。今日2020年の不動産価格を見ると、3倍までいかないが、2・5倍以上に跳ね上がっているので、今でも良い買い物をしたと思う。K氏はこのマンションをほとんど自分の足で歩いて探し出した。インターネットの不動産売買のページなどには掲載されておらず、市が数年に一度出版する不動産鑑定の冊子を見てもわかるように、査定レベル『上』の地域に属していたので、売りに出る物件はわずかであったと想定する。K氏がどのようにこの物件に出合ったかというと、これと思う地域のマンションの管理人と、片っ端からコンタクトをとり、この建物に空きが出た、という具体的な情報を獲得し、それからその建物の管轄不動産業者に連絡を取り、具体的に話を進めたらしい。

不動産業者との下見にもK氏は同行してくれた。間取りも特殊ではなく、ごく一般的で特に、東側に面しているリビングのサッシの面積が広く、それにより明るい雰囲気を醸し出してくれ、ドイツの重苦しい、暗い冬のことを考えると、これは何よりの利点であった。この物件に決断した後は、その地域担当の不動産業者の担当者が、公証人事務所でのアポなどを設定してくれ、銀行での住宅ローン関係は、K氏がすべて対応してくれた。購入金の支払いは9月末であった。

こうしてK氏が、初夏の、しかも日によっては炎天下の中を、汗だくでマイン川沿いを自分の足でマンション街の建物1軒1軒を吟味しながら、購入までの一切の手続きの段取りをしてくれたことにより、私は念願の立地に合ったマンション購入に漕ぎ付けることとなった。日本でいえば、いわゆる中古マンションで、新築時に購入した最初の所有者が、2年ほど使用し、そのあとの所有者が私であった。ドイツの場合、築10年以下の物件は、『新築』と呼ぶ。ドイツの建物は、50年から100年単位で設計し、建築するので、とにかく造りが日本の建築物とは比較にならないほどの頑丈な建設である。

日本の両親にも購入の話を伝え、特に父は、私がマンション購入を長年の目的としていることをずっと忘れたことがなく、常に念頭に置いていたと言ってくれた。そして、購入金額のおよそ半分を援助してくれることになった。援助を問いかければ、イエスという返事がもらえることは内心確信していたが、やはりいくつになっても子供として、親からの援助を受けることができるということは本当にうれしいもので、幸せ感は100%に達する。

金額の多少ではなく、親からこの年になっても子供として精神的、かつ物質的な援助を受けることのできるという事実がうれしく、また、自分がそのような環境にあるという事実に対しても、感謝せずにはいられない。「すぎもとまさと」という作曲家ないし歌手の吾亦紅（われもこう）という歌詞の最後の一文を思い出しながら、50になっても60になっても私は、私の父と母の子供であるのだと痛感した出来事であったことを強調したいと思う。父の生前、購入したマンションに一度は泊まって欲しかったが、写真を見せるだけにとどまり、ついに実現できずじまいであった。その代わり、母は、一人で三度ほどフランクフルトにやってきて、私のマンションでの宿泊を果たすことができた。

さまざまな手続きが進捗し、11月初めには、俗にいう「鍵の引き渡し」が行われることなった。K氏も立ち会うことを約束してくれていたのだが、不動産業者の立会いの下で行われる、前任所有者からの鍵の引き渡しの期日を待たずして、彼は他界した。

また一人、私のことを表面的、杓子定規ではなく、心から思い、助けてくれた人物が私の世界から永遠に姿を消した。以前から体のどこかに悪性腫瘍を持っていたらしいが、K氏はそれについて一度も語ることはなく、最後には、救急車での病院搬送を自己署名により拒否したことを間接的に知らされた。心筋梗塞であったかもしれない。

K氏が亡くなったのは、M君のフランクフルト市内の小さなアパートであった。死の直前にはずいぶん強度のアルコールの量が増えていたらしいことは耳にしていた。毎年11月になると55歳で波乱万丈の一生を遂げたK氏のことを思う。

さて、それからほぼ1年後にフランクフルト市内の高台にもう1軒、このマンションより若干面積が広く、やはり2LDKのマンションを購入することになるのだが、これは前回の経験を生かし、すべての手続きを一人で完了させた。ローンは組まず、亡くなった父の遺産の一部を利用した。

マイン川沿いに当時、文豪ゲーテが散歩したという、「ゲーテの散歩道」と呼ばれている1㎞ほどの散策ルート（プロムナーデ）があるが、このゲーテの散歩道まで徒歩1分のところに立地し、川を行き来する輸送船が、バルコニーから見える最初に購入した方のわがマンションは、いくら小さくとも、世界で一番素敵な、何物にも代えがたい、私が死んでも絶対売却してほしくない、私の大切な、大切な宝物である。

失業時代

フランクフルト市内の日系旅行エージェントの勤務を2005年12月31日付けで退職し、私は天下の失業者の身分となった。ドイツの場合、最後の手取り額の6割は支給されるが、不足分の4割は毎月の出費に必須のものとして生活している人にはかなり厳しいものがあるが、私の場合は、お金に変えられない、それ以上の精神的な部分がかなりのパーセンテージを占めていたこともあり、この減収入は覚悟の末であった。

朝の通勤が無くなり、家でまず午前中は、テレビのさまざまなプログラムで放映されるありとあらゆる料理番組、ショー的要素を持つものが大半であったが、そのすべてを見尽くした。こんなに料理番組が多いとは、それまで認識していなかったので、少し驚いた。

ドイツ人は基本的には、平日はほとんど調理をせず、従って火を通したものを食べることなく、日曜の昼などは、煮込みの肉料理など結構時間のかかる調理をする家庭もあるが、衣・食・住の中で、最もお金をかけないのは〝食〟の部分である。ドイツで人々が調理をしなくなればなるほど、それに比例して、テレビの料理番組が増えていくような気がする。テレビで著名なスター的存在の料理人が、なにか素敵な料理を披露しているのを、ソファに座って見ながら、冷凍のピザをオーブンに入れているドイツ人の姿は、想像するに容易い。

テレビだけで毎日を過ごしていたわけではなく、フランクフルト市内の公立の文化センター、または成人学校とでも言うべき学校で、待望のイタリア語の1週2回の初級クラスに入り、ドイツ語、英語以外の外国語、初めてのラテン系言語を学ぶことになった。

イタリア語は発音的には、日本人にも適した言葉であるので、市内のイタリアンレストランで、イタリア語で注文ができるようになるまでがんばってみようと、やる気満々であった。近い将来実現するかもしれない、イタリア旅行に夢をはせ、失業当初の3ヶ月ほどは、かなり明るい気分で過ごしたものであった。思えば退職時の、同僚のスタッフからのプレゼントは、花束のほかに、お別れカードと、成人学校のCD付きイタリア語初級教科書であった。どうも退職間際に、辞めたらイタリア語を取得すると豪語していたらしい。成人学校の授業料は失業者の場合、割引があり、正規の料金の50%となる。

しかし、3ヶ月目に入った頃、当然ながら、体がなまってきたというか、また一種の、不安感のようなものにもさいなまれ、一人で旅行業を営んでいる、昔からの知り合いに電話を入れた。仕事は山ほどあるので手伝って欲しいと言われ、週3～4回ほど午後1時頃から、半日アルバイトをさせてもらうことにした。2006年はサッカーワールドカップ、自国ドイツでの開催の年であった。ドイツは第3位に輝き、フランクフルトのマイン川にもスクリーンが立ち、国民がその勝利を〝夏のメルヘン〟と呼び、興奮の渦に巻き込まれた夏であった。

このワールドカップに際し、日本のナショナルチームの観戦のために訪れた日本人客の宿泊ホテル、バス、ガイド手配など、本当にその知り合い一人では、手が回らないほどの山のような仕事があり、私の他、旅行業界で長い経験を持つ日本人女性と二人で、観戦ツアーの手配を粛々と進めたものであった。

私はまず、その旅行エージェントの責任者と一緒に、我々の足で地下鉄を利用し、フランクフルトの近隣の街、オッフェンバッハなどの無名の街のホテルをくまなく回り、空き部屋をチェックした。お客様の泊まりは、すべてフランクフルトかその近郊の町とし、観戦地まで は何百㎞あっても、バスの送迎を手配することにしていたので、別にフランクフルト市内のホテルでなければならないということはなかった。観戦地でホテルの部屋を獲得するのは、到底無理であることはわかりきっていた。何とか、ホテル数軒を仮押さえし、予定の観戦客の宿泊数だけは確保した。ガイドとバスの手配は、もう一人のアルバイトスタッフが受け持ち、私はホテルを専門に担当した。予約、変更、キャンセル、部屋のアサインなどすべて一挙に担当することになった。合計あわせて、何百室、何百泊になったか記憶は無いが、とにかく、想像を絶する予約状況であった。観戦ツアー用のガイドが不足し、手配が間に合わないなどの緊急状況になった場合は、私もガイドに変身し、事務所の外の仕事をするということを話し合いで決めていたので、何回かピンチヒッターでグループの送迎の仕事をすることがあった。

6月22日の日本vsブラジル戦で、21時のキックオフに向けツアーと、ドルトムントという街にバスで往復するという送迎ガイド役を受けた。ガイド業は過去数年の経験があったので、苦痛ではなかった。当日午後3時頃、早々とホテルを出て、試合の開催されるドルトムントへ向かった。途中休憩時間を取りながら現地に到着した後は、会場までの道案内やら、トイレの場所、試合終了後の集合場所の案内などし、私はゲームのチケットは持っていなかったので、スクリーンでゲームを観戦するしかなかったのが、結局、我々の送迎バスに戻り、バスのドライバーとラジオでゲームの成り行きを追うことにした。そのうち、それまでの数週間の準備仕事の疲れが一気に襲ってきて、毛布にくるまり仮眠状態になってしまった。

やがて、ゲームが終了し日本は予想していた通り負け、お客様はそれぞれにバスへ戻ってきた。中には必ず、集合時間に遅刻する人がいるもので、遅刻組数人を全員でややしばらくバスの中で待ち、夜中近くになってフランクフルトの隣町オッフェンバッハの宿泊ホテルへの帰途についた。夜中であったので我々の専用バスは至ってスムーズにアウトバーンを走り続けたが、ほぼ最初から最後まで口を開く人はおらず、車中は葬式そのものであった。お客様も私も疲れ切ってホテルへ到着したのは、すでに明け方になっていた。

こんなことを失業者の内職としてしながら、1年が過ぎ、2007年の春、あるツアーの観光の仕事を受けることになった。北ドイツハルツの森という、旧東独の山岳地帯の麓にあるウェルニゲローデ（Wernigerode）などのメルヘンチックな街やその周辺の村々で、毎年4月30日にワルプルギスナハト（Walpurgisnacht）という魔女の祭りを〝祝う〟という、中世まで続いた行事が行われるが、これに参加する体験ツアーであった。

街中に魔女の仮装をした人々が繰り出し、ダンスをしたりして、群を成している。ちなみに、この周辺の土産物店に入りまず目に付くのは、ガラス窓や天井に吊すことのできる、ほうきに乗った魔女の人形である。また、パリ郊外にヨーロッパで最初のディズニーランドが設置された際に、ハルツの森も候補地のひとつに選ばれたそうである。この山と森に囲まれた環境は、世界に二つとない絶好のディズニーランドとなっていたかもしれない。ヴェルニゲローデの他にも、ゴスラー（Goslar）とかクエドリンブルク（Quedlinburg）と言うような街々が、ハルツ地方にあるが、これらの街はユネスコの世界文化遺産に指定されている。

ハルツツアーを無事にほぼ終了し、フランクフルトへの帰り道、アウトバーンを抜け、一般にメルヘン街道（フランクフルトから東へ約20㎞車で30分ほどのところにあり、童話を収録したグリム兄弟生誕の地ハーナウ（Hanau）から、グリム兄弟ゆかりの地、カッセルや〝ハーメルンのねずみ取り男〟のハーメルンなどの街々を経由し、ブレーメンの音楽隊のブレーメンまで北上する約６００㎞のコース）と呼ばれるルート上にあるアルスフェルド（Alsfeld）という街に立ち寄り、昼食をとることとした。アルスフェルドは知る人ぞ知る、赤ずきんちゃんの童話の舞台になった街であり、旧市街地の木組みの家造りは、絶賛に値するものがある。文化建築保護のヨーロッパモデル都市に選出されたそうだ。ロマンチック街道のローテンブルクオプデアタウバー（Rothenburg ob der Tauber）などの街も、木組み造りの家並み（当時の農家の作り）は、特に有名だが、これに負けず劣らず素晴らしい。個人的には、観光客があふれかえっている、ローテンブルクの街より気にいっている。

日本の父が亡くなったことを次女からの携帯電話で知ったのは、こんな街での昼食の時間がちょうど終了した頃であった。父は満83歳であった。5月1日で、日本ではゴールデンウィークの真っただ中であった。同年3月のまだ札幌は雪が解けきっていない頃、次女と3週間近く、見舞いがてら里帰りをしていたので、それほど悔いはなかったが、フランクフルトへ戻りすぐ、日本往復の飛行機を予約した。

当時定職にはついていなかったので、職場からの有給休暇を取らずして、日本とドイツの往復が自由にできたことには感謝している。面白いもので、私の父は母と二人で何度もヨーロッパへ来ていたが、このハルツの森は、最もお気に入りの場所の一つであった。自宅で来る人来る人に、ウェルニゲローデ（Wernigerode）の街並みの美しさを滔々と語っていたのを思い出す。実家には父が現地で購入した魔女の吊り人形が二つあり、30、40㎝ほどのかなり大きなものが、もう何年も居間の天井につられており、台所の窓ガラス窓には小さな魔女がひっそりと吊り下がっている。

実家では、葬儀前、父のお棺の中に、私は自分で撮影したハルツの山の頂上の写真と、木組みの家並みの写真を2枚入れてもらったが、葬儀屋の担当者はその写真がちょうど、父の頭の下になるように納めてくれたことを今でも覚えている。

長女の病気

長女が29歳で乳がんの告発を受けたのは2011年の夏であった。本人から知らせを受けたときはまったく実感がわかず、なにか第三者のことを聞かされているような錯覚に陥ったことを覚えている。本人は仕事の忙しさにかまけて、兆候があったにもかかわらず、延ばし延ばしにした後、病院に行ったのはよいが良性だと言われ、ようやく3軒目の病院で悪性であるという真実が判明したそうだ。まず年齢が低いという先入観からであると思うが、専門の医師たちは良性だと診断し、挙句の果ては手術により種痘を除去することを薦めたそうだ。

その時それを信じて手術で切開などしていたら、実はがん細胞を転移させることになり、取り返しの付かないことになっていたかも知れないという、信じがたい話も聞かされた。

その後、病院通いが始まり、フランクフルトから約100km南にあり、癌研究所などで有名な、ハイデルベルク大学の大学病院で、約1年間の通いの治療を受けることになった。幸か不幸か、当時、彼女が勤務していた市の中心街のショッピングモールにある、オープンしてまだ間もない、かなり広い面積の薬局のオーナーが、過剰投資をしたため破産し、別の薬局への応募を検討中の時期であった。抗がん剤の投入から始まり、手術、最後は放射線と、とにかく、とるべき治療はすべて遂行された。

毎回10分間ほどの放射線の治療は、フランクフルト市内の病院で行なったが、それ以外は準備のための臨床の教授との面談なども含め、すべてハイデルベルクであった。ロシア人の富豪が、ヘリコプターでハイデルベルク大学の診断を受けるためにやってくるという話しなども聞いた。

とにかく、この大学病院は癌治療においては、世界的に見ても著名な病院であり、検査や治療機器などの完備も最高であるそうだ。私がほぼ40年前に学生として、生活していた街の大学病院に、長女がこのような喜ばしくない形で、これほど頻繁にフランクフルトの町から、往復することになろうとはもちろん当時知る由も無かった。

後に聞いたことだが、10年ほど交際を続けた、ボーイフレンドとの結婚に踏みきったのは、癌ではないかという疑いを持ち始めた頃、彼が病院で検査を受けるためのアポを設定し、本人が行くのを見届けるまで、執念に後押しをしたということであったそうだ。

癌は、日本でも同様らしいが、ドイツでも一応5年を経過すると完治したと〝みなす〟と言う言い方をし、〝みなす〟と言うのがくせもので、なんともすっきりしないが、現時点ですでに10年弱を経過したので、このまま再発することなく、時が経過してくれること祈るばかりである。5年を経過するまでは、本人のみならず家族全員がいわば爆弾を抱えているようなものであった。発病後、もちろん最もつらい思いをしたのは本人であるが、ここでは長女の病気が判明してからの次女の生活に焦点をあててみたいと思う。

次女も同じ薬学部を出、市内の住宅地にある薬局に勤務しているが、当時は第2次国家試験直前の学生であった。二人の娘は学年で言うと4年の差があるが、とにかく次女は社会的連帯感が強いというか、自分のことを考える以前に他人のことを考え、人の面倒を見るというタイプであった。この性格はすでに、幼稚園の頃から顕著であった。小学校の担任の先生には、友だちのことを考えるのはよいが、将来修道院に入るわけではないだろうから、もっとエゴイスティックになれと言われ続け、上級学校へ進んでも、授業でまとめたノートを友人に貸し、試験の期日直前に、実は自分もそのノートが必要であることに遅ればせながら気づき、あわてて、自分が貸したノートを返却してもらうべく電話をしまくる、というような様であった。そんな彼女であったから、姉の病気が判明した後は、心からショックを受けたらしい。

そのような精神的な状況下で、彼女は薬学の第2次国家試験の最初の2科目ほどの試験に挑戦したが、案の定不合格であった。この状態で試験を受け続けても不合格となる可能性が高いことを前提とし、国家試験の受験を一時休止するという方策を考えた。

第2次国家試験は全5科目で、一学生につき約30分程度の時間をかけた、3人の試験官による口答試験であった。ひとつの科目でも3回不合格であった場合、それまでの学業の履歴はすべて無効となり、薬学士の資格を取得することが不可となる。国家試験の受験を遅延するためには、フランクフルト大学に直属に勤務をする、心理カウンセラーの証明書のみならず、国の厚生省直属の医療施設に勤務する医師からの証明書を受ける必要があった。

要するに、このような特殊な状況下におかれているため、国家試験を受けるに耐えられる精神的状態ではない、と言うことを文書で証明したものである。通常、こうしたカウンセラーは、市内のキリスト教会の牧師であったり、神父であったりするが、当時次女を担当してくれたカウンセラーは、本職がプロテスタント教会の牧師で、大学にも勤務するという形をとっていたようだ。次女は数回、面談のために足を運んだが、無事証明書を受け取ることができ、まずは、1年間学業中断の猶予が与えられることになった。

こうした方策をとるに至った背景には、今自分にできる限りのことを、姉のためしなければ一生後悔することになる、という次女自身の強い思いがあり、休学した1年という自分の時間を、精一杯姉のために使いたいという固い決意によるものであった。ドイツの比喩的な表現で „sich den Rücken freihalten" と言う言い方があり、文字通り読むと、自分の背中を空けておく、と言う意味だが、逃げ道を作っておくとか、誰かが何かをできなくなった時のために、ピンチヒッターとして、待機しているというような意味でよく使われる。

彼女の場合は、背中どころか自分の全身をいつでも使えるように空けてあったといえる。それからというもの、次女は長女が検診や診療に行くたびに、私名義の小型車で、フランクフルトとハイデルベルクの間の100㎞を数十回にわたり往復することになった。

親として、そんな次女のただひたすら姉の助けになりたいという無心な姿が、いとおしくもあり、誇らしくもあり、肉親に対する無条件な愛情を感じずにはいられなかった。それに反し、長女の妹に対する感謝の気持ちが足りないと、特に主人などは、腹立たしさを私にぶつけてきたこともあったが、長女も肉親に対する甘えもあり、口に出さずとも、おなかの中では妹に対し彼女なりに感謝の気持ちは持っていたと、私は確信している。いずれにせよ、どちらの性格をとっても、誰から強制されたものでもなく、神様から与えられたものであるので、私はまたその事実を、そのまま淡々と受け入れたのであった。

長女の一件もようやく落ち着き、次女は大学に復帰し、第2次国家試験に一部再試験を受けながらも合格し、それに連結する1年間のインターン研修を市内の薬局で終え、第3次国家試験にも合格し、晴れて薬学士の資格を取り、薬学士連盟への登録を果たしたのであった。

大学では、第2次国家試験の合格直後に、日本式に言うと卒業式らしきものがあり、公式な儀式とその後簡単なパーティーがあったが、やはり苦労の果てに長い年月を費やし勝ちとったものに対する思いは、言葉では表現しきれないものがあった。転々と雇用主の薬局を替えた姉に対し、次女は1年間の研修の受け入れ先であった薬局に就職し、今日に至るまで一度も転職することなく、その薬局のオーナーが変わった後も勤め続け、新オーナー自身より勤務年数が長くなったと言っていた。

職場に対し不満が無いことも無いのであろうが、至って淡々と勤務を続け、自宅で高齢の夫を看護する薬を受け取るに来る患者さんから、夜中も数回起きなければならず、睡眠をとることができなかったなどと、体力的、精神的な苦痛を訴えられ、そんな愚痴の聞き役に回り、その患者さんは次女に感謝の言葉を述べ、多少なりともストレス解消し、薬局を去っていくと言うことなどは日常茶飯事のようであった。

人間の性格は満3歳ぐらいの時点で形成されると聞いたことがあるが、次女の幼稚園、小学校時代の性格は、大人になった今でも、まったく変わることなく、これからの彼女の人生においても、彼女の姉、親の面倒を果てしなく見てくれるのだろうかと考えると、自分の娘たちにだけは老後、負担にならないよう、生きたいものだという私の願望というか、気力はますます高まる一方である。

第5章

ホテル建築に携わる

ホテル建築大奮闘

日系ホテルチェーンが日本、韓国以外の海外で初めて自社のホテルを建設することになり、ホテル建設用地を探し、売買契約をし、設計事務所を選択し、いよいよ設計業務開始の段階までたどり着いたのは、ちょうど私が入社する1年半ほど前であった。

私が入社した時点では、この設計プランでこの建物を建ててよい、という許可取得のための、いわゆる建築許可証の申請ファイルを、業務委託したフランクフルト市内の設計事務所の担当設計士が、市の建築監査局に提出したばかりの時点であった。市当局での監査には3ヶ月を要するといわれていたが、ホテル、病院、介護施設などの建築のような、いわゆる〝特別建築〟の場合は、監査側での時間制限はなく、いってみれば、監査時間をかけたいだけ、かけてもよいというルールがあった。時々、市から設計事務所にこの書類が足りないとか、技術的な質問を交えた、要請事項が発信されることがある。

私が勤務していた会社が選んだ設計事務所の担当者とは、問題がない限り、建物の竣工までお付き合いすることになっていたはずなのだが、建築許可証がおり、実施図面作成の業務段階を終了した時点で、残念ながら解約をすることになってしまった。解約というより、それ以降の業務段階の契約を、締結しなかったという方が適切かもしれない。

私の雇用会社の方針で、専門技術を有する自前の社員を採用するように、という指令が下った。公募の広告の手続きや送られてきた履歴書の整理、面接への招待、最終面接までの対応などすべて私の仕事となった。部分的には、日本の母体会社から面接官として出張者があったが、それ以外は、すでに入社していた、年配の経験豊富な専門社員を主体に、私も数々の面接に立ち会った。一応、工事のための設計、工事監督者として欠かせない職種であるところの設備設計者、設備工事現場担当者、電気設計者、電気工事現場担当者、各1名、CADオペレーターと呼ばれる、専門の図面描き2名をそろえた。

彼らは皆、正社員として、最初は1年間の有期雇用契約を交わし、いわば私の同僚として、ホテル完成まで各人の専門業務を遂行することになった。

これまで日本にいたときも、建築業界などとは無縁であったため、私の場合、入社時からほぼ最後まで常に〝Learning by doing〟であり、現地の各業種の設計士、工事業者などの助けを借り、質疑応答を繰り返しながら、その場その場を乗り切ったという感じであった。

日本の母体会社は専門工事会社でもあったので、ドイツの建築プロジェクトといえ基本的な事柄は、把握しており、あえて私の事細かな説明、解説などは不必要というような場面にも多々出くわした。それでもさすが、建物が建つ頃には、最初は日本語の言葉すら知りえなかった、建築用語も頭に入り、完全に自分の所有する語彙の一部となっていたと思う。

さて、実施図と呼ばれる設計図面が出来上がり、これをもとに建物を建てるという段階に入ると、工事業者探しが始まる。それぞれの必須な業種を請け負ってくれる業者、数社に、入札要綱と呼ばれる、業務内容の詳細を記述した、場合によっては数十ページにわたる分厚い書類を送信し、各社から見積書を期日までに提出してもらい、そのうち3社を選りすぐり、数回の面接を行い、1社に決定する。その後、最終選抜に残った工事業者と業務委託契約を結ぶのだが、工事請負契約とも呼び、漢字を見れば、〝請けて負ける〟、と書くので、工事業者（建設会社）というのは、必ずしも割の良い業界ではないという話を、ある日本からの出張者が語ってくれたことを思い出す。基礎工事を含み、躯体工事完成までを担当する、コンクリート工事業者の業務委託発注契約書などは30ページ以上に及んだものであったと記憶する。

これを私は、東京の同僚と二人で、ひたすら日本語へ翻訳する作業に明け暮れた。和訳作業に無限に時間をかけるわけにはいかない。極力迅速に正確な和訳を完成させ、日本側に熟読、確認してもらい、契約までこぎつけないと、工事開始には至らないのである。

この段階に至る過程には、結構困難なものがあり、何度も質疑応答が繰り返され、日本側からは、なぜ、このような業務が必要なのか、この業務は果たして法律で定められている義務的なものであるのか、挙句の果てには、どの法律書の何条に書かれているのかなど、とことん納得がいくまで質疑は繰り返される。これをクリアにしない限りらちが明かず、業種によっては、工事業者との契約締結まで、果てしなく長い道のりであったように思えたものである。ようやく契約締結までこぎつけた折には、これでまた一仕事終えた、という充実感すら覚えたものであった。

やがてフランクフルト中央駅南口から、徒歩3分という最高の立地における、ホテル建築という我々全員に共通した一つの目標に向かい、社員一同、日ごとの勤務を全うすることになるのだが、建設工事では、日本同様ドイツでも、工事の節目、節目で招待客を伴い、いくつかの式典を行う。日本の工事現場であったなら、神主さんを呼んだ式典などがあるのだが、ドイツの場合は、さすがそれはなく、神道に変わり、キリスト教にちなんだ式典をするということもない。ここでドイツにおけるいくつかの式典で、実際に私が会社の社員として関与したものについて紹介したい。

まず、2014年7月18日、ドイツには、珍しく34度という猛暑の中で定礎式が行われた。ドイツ語ではGrundsteinlegung（グルンドシュタインレーグング）といい、文字通りに読めば、〝基礎石を置く〟と書く。

当日10時30分に来賓、参列者の受付をはじめ、11時から来賓のスピーチが始まった。在フランクフルト日本国総領事館の総領事、ドイツホテル連盟代表取締役には、事前にスピーチを依頼しており、大まかなテキストは、すでに私の手元にも届いていた。この2名のスピーチを2、3センテンスごとに区切って、日本語通訳をするという役目が私に回ってきた。このお役目は当然覚悟のうえであったが、ドイツホテル連盟代表取締役の挨拶がかなり長く、招待客の中には、異常な猛天下であることも手伝って、あいさつの後半では、嫌気をさした人も必ずいたはずである。フランクフルト市長からは都合で出席できないが、御社の工事の成功と発展を祈るというような内容の手紙が来ており、これを私が日本語訳し、参加者に読み上げた。約1時間後、躯体工事業者の責任者であったD氏が、定礎式にお決まりの定型文書を読み上げた。これはさすが彼も場馴れしていたようで、とても簡潔で聞きやすいものであった。

カプセルの中に設計図やコインを入れて基礎部分に埋め込む

その後、定礎式の最大のイベントともいえる、銅でできた筒状のカプセルに式当日の新聞、現在有効なコイン、この建築プロジェクトの設計図など、この時点に相対するものを入れ、本来は、まだコンクリートを敷いていない基礎部分に埋め込むのだ。(写真参照) その日の新聞に関していえば、現地の一般的な新聞と日経新聞を見つけたのでこの両方を入れた。

当時、実は工程の関係で、基礎工事はほぼ完了し、コンクリート床も出来上がっていたので、1m四方の一部分だけはコンクリートを埋めずにあけておき、この空洞の穴にカプセルを入れ、近日中にコンプリート漬けするというのが工事関係者のアイデアであった。

この1m四方の穴は、定礎のためのあくまでも、シンボル的なものであったのである。このセレモニーの終了後は、来賓などに事前に招待状を出し、出欠を綿密に確認しておいた、お世話になった弁護士、各専門設計事務所の担当設計士、本プロジェクト担当者など、参加者全員に日本のおちょこが配られ、日本酒で、今後の工事の成功、無事故を祈って乾杯した。

日本企業であるから、集合写真撮影は欠かせず、撮影担当者が何枚も取りまくっていた。これで一応、定礎式のオフィシャルな部分は終了し、午後1時頃、白いテントの中で、バイキング形式の食事が開始された。食事をとりながら、フランクフルト商工会議所観光専門部長と名乗る人の挨拶、我々サイドからの代表者からの挨拶が続くが、これらの通訳は、フリーの通訳者を事前に依頼していたので、私は比較的ゆっくり、来賓者と歓談しながら、やっと冷たい飲み物を口にすることができた。とはいえ、日本からの参加者と、現地ドイツからの来賓との食事中の通訳も私の主要な仕事であったので、ちゃんとした食事をとったのは、午後2時過ぎ、ほとんどの参加者が、会場として使われた工事現場を去った後であった。式も終わりに近づいた頃、本建築プロジェクトチームの紹介として、私が勤務していた会社のスタッフの自己紹介を行った。これは皆、興味を持って耳を傾けてくれていたようだ。長々としたお偉いさん達の挨拶は、もちろんこうした式典にはつきものだが、このような実際に今まで、そして今後もまだまだ竣工までの長い日々を、各人の仕事に従事するであろう社内スタッフを紹介するという思考は、正解であったと思われた。雨を予想し、イベント業者に巨大なテントを張ることを依頼し、準備万端を整えていたが、当日の天候も、我々に味方をしてくれたようであった。それにしても、高温、高湿のため、テントの中で食事をすることは、かえってうっとうしく、木陰を探し、歓談をする人が大半であったと思う。

基礎工事が終わり、躯体のためのコンクリート工事が終了した時点、いわば建物の骨組みが完成した時点で、日本語で言えば〝棟上げ式〟ないし〝上棟式〟と呼ばれる式典があり、躯体コンクリート工事業者に、施主である工事依頼主が諸々の準備などを依頼し、実施される。

我々施主側で準備したものは、昼のブッフェスタイルの食事であった。この建設工事独特な儀式ともいえるセレモニーは、骨組みコンクリートと床が完成した屋上で行われる。躯体工事会社が、彼らが用意した、生のモミの木の枝を丸く輪にかたどった、アドヴェントクランツ（クリスマスイヴの4週間前ほどから、緑の枝を使い花輪を形どり、4本のローソクと飾りをつけ、待降節を祝う）の特大版のようなものを地上からクレーン車で屋上まで持ち上げる。それは直径１ｍ20㎝ほどある巨大な、かなりの重量があるものであった。（写真参照）

これが屋上に上がったところで、昔ながらの伝統的な大工職人の黒い衣装を着た、躯体工事会社の現場長が我々一同、式典参加者に囲まれて、通常どの現場の上棟式でも使われる、祝福の言葉を朗誦する。これは、ドイツ語の韻を踏んだ中世の詩のようなものであった。面白半分、私流に日本語訳してみた。といっても、当日その場で、大工職人の了承が済んだ後、日本人参加者用に内容を知らせるべく、事前準備していたものである。その文言は大まかだが、以下のようなものであった。

〝大工職人として私は、この建物の上階に立っているが、今、一つの新しい建物が棟上げされました。そこで今、私は祝辞を述べたいと思います。しかし、何を語ろうとしても、胸がいっぱいで言葉にならず、数ある言葉の中から、適切な言葉を見出すことすらできません。どうぞ、神の祝福が、この建物と、そしてこの建物に出入りする人々にありますように。施主の皆様にも幸福の花が咲きますように。そして皆様の懐中には、常に金銭がとどまりますように。施主の皆様の食糧棚には、ハムが乗ったパンがあり、それがある限りひもじい思いをすることはないでしょう。我々大工は、今の時代の建築様式に留意し、建物の扉は高く、

クレーン車でグリーンのモミの木の枝葉を円形にかたどった輪を吊り上げる（イメージ）

棟上げ式の様子（イメージ）

広くそびえたち、壁は永遠に崩れることなく立ち続けるでしょう。この建物には明るい採光と外気がたっぷり入り、私のところにはすでにローストビーフの香りが漂ってきていますから、急いで下に降りましょう。大工もたまには陽気になりたいものです。しかし、まず私は、私の盃を掲げ、施主の皆さん、我々の大工のマイスター（親方）、我々の仲間たち、優秀な設計士の皆さんに幸福がおとずれますよう、そして最後に今後の工事の成功、この建物の発展を心から祈り、今、私の盃を飲み干そうとしています。施主の皆様に乾杯！〟

このセレモニーは、2015年9月8日に開催され、日本からの関係者を含め、およそ30名が参加し、本プロジェクトに関与していた内部ないし外注設計士、工事業者の社員、現場作業員などが参列した。全員がまず10時に現場に集合し、その後、皆そろって屋上まで上がり、式自体は11時開始であった。式終了後は、皆、躯体の中の一角に用意された、バイキングスタイルの食事に流れたが、食事の内容は決して豪華なものではなく、比較的簡単な、ドイツの一般的な料理であった。

これらの式典は、どちらも長い工事スケジュールの区切りをつけるものであったが、着工から約3年の月日を要し、いよいよ建物が出来上がり、市の役所関係の監査が終了し、消防局の防災検査など、営業開始に問題なしという状況に合格すれば、竣工の運びとなる。竣工式の日取りは２０１７年３月14日、火曜と決定された。

最初日本側から、前日の３月13日という案も出ていたが、13という数字は、こちらドイツや近隣ヨーロッパ諸国では縁起の悪い数字であるので、１日遅れの14日にしたらどうか、という私の提案が受け入れられた。ヨーロッパのホテルでは13の数字のつく部屋番号をあえて飛ばしているところもあるくらいなので、日本だと仏滅、大安などが考慮されるのだろうが、当時の竣工式は、こちら風の縁起を担いだことになる。

フランクフルト中央駅前店舗の新築工事完成後の竣工式の準備が始まった。参列者は日本サイドからの参加も含め、およそ１００人を想定した。地上８階、地下１階の９階建ての中央駅から徒歩３分の立地に、延べ床面積約１２７００平米、客室数４００のビジネスホテルが開業するのであった。

当日、９時から受付をはじめ、10時の式典開会までの時間を利用し、希望者のために６階と７階の客室の内覧会を企画した。竣工式は、ドイツ、日本両国の国歌演奏でスタートした。ベルリンの芸術大学在学中の女子学生２名に依頼し、まずは、建築を許可してくれたドイツの国に敬意を払い、ドイツ国歌の演奏、その後、日本国歌の演奏が続いた。参列者には起立をお願いし、私もチェロとバイオリンの両国の国歌に聞き入った。この弦楽器二種だけの質素だが、厳粛な演奏の音色は今でも忘れることができない。

これに引き続き、私が勤務していた、現地会社の代表取締役が工事の施主としての挨拶を行い、その後、日本の母体会社の社長の挨拶、在フランクフルト日本国総領事館総領事の挨拶、ドイツホテル飲食業連盟役員の挨拶、我々フランクフルトの、現地法人の親会社であった会社の取締役会長の挨拶が続き、それらの来賓によるテープカットも行われ、最後は再びフランクフルトの代表取締役による鏡開きと続いた。参列者全員が、日本酒が注がれた木製の升を持ち、乾杯の音頭はヘッセン州経済省経済部長に依頼し、式次第の主要部分が終了した。

その後、ホテルの運営者側、これは私が勤務した会社の子会社として設立された会社であったが、この会社のスタッフ紹介、そして代表取締役の中締めにて、式典が無事終了したのは予定通り13時であった。

終了後、参列者は立食のバイキングスタイルの昼食会へと流れ、これと並行し、ホテルのフロントでは、開業最初の泊まり客のチェックインを開始したのであった。鏡開きのための酒樽の調達など含め、苦労話は多々あったが、中でも式典の数日前に行った、3本締めのドイツ人スタッフとの予行練習は、後々愉快な思い出話となった。

工事期間中の節目にあたる3つの大きな式典を、問題点を皆で解決しながら終了させたわけだが、私にとってやはり最も感慨深かった式典は、やはり基礎石を置いた定礎式であった。なぜなら工事計画を一時中断した期間などもあり、一時は本当にいつの日か着工まで行きつけるのだろうかという、不安がよぎらなかったといえばうそになるほど、それまでの道のりが数年間という、かなりの長時間であったからである。定礎式の準備期間中も、自分のほっぺたをつねってみて、本当にここまでこぎつけたのだろうかと、今起こっている現実を再確認したくなるような、衝動的な感覚さえ持ったものだ。

こうして私の雇用会社のために、ホテル建設から竣工までの大仕事をさまざまの人の助けを得ながら、大事業の手伝いをし、その後5年ほど、ベルリン建築プロジェクトの準備をしたが、母体会社の決断で、そのプロジェクトは取りやめになり、間もなく、週40時間というフルタイムの勤務から半分の週20時間の勤務時間への変更を、こちらから日本側に希望したのであったが、これはまさに雇用者と被雇用者間のウィンウィン（win win）の関係であったと思う。

いわば半日勤務としてしばらく、各設計関連の事務所に対し、我々サイドの希望でプロジェクトを早期中止するに至ったことによる違約金の支払いなど、いわゆる早期解約の交渉というような、かなり面倒な仕事を遂行するのが主要業務となっていた。やがて、そのような最後のかたずけ業務もめどがつき、私は自分の後任者となるであろう人に、前もってあたりをつけ、退職の決心をしたのであった。ちょうどその1年ほど前に長女に子供が産まれていたので、ベビーシッターでもして、そろそろ自分の自由意志で1日の時間設定が可能な毎日を過ごしてもよいのではないかという思いもあった。

ドイツからの年金は、その人の生まれた年によって若干異なるが、私の場合は、65歳と7ヶ月経過すると支給されることになっていた。従って、3年半ほどは勤め先からの月給と並行し、ベルリンに本拠地を置く、ドイツ年金機構からも毎月末には年金支給を受けていたことになる。会社を辞めれば、それまでのサラリーマンとしての定期収入がまったくなくなることになるが、遅かれ早かれ、いつの日かは、このような状況に置かれることは、周知の事実であったので、退職を決断するにあたり、それほど頭を悩ませることはなかった。

退職にあたり、まず私はフランクフルトでの建築プロジェクトの工事期間中、最もお世話になったと思われる、いくつかの工事業者の担当者や弁護士などに宛てて、退職挨拶状を独語で作成し、メール配信した。私がこの会社に入社し、いよいよ工事開始の段になった頃、まだ工事に関しては全く無知であった私からの、折に触れての素人質問に対しても、時間、労を惜しむことなく、私が納得、理解できるような、彼らにとっては、おそらく素人言葉であったのであろうが、懇切丁寧に説明、解説してくれたことに対する感謝の気持ちを強調した文面を作成した。

こうして私の職歴の中でも、勤続期間の最長記録となり、あと1ヶ月で丸15年になろうとした、いわば設計、建築事務所での勤務が終わり、純然たる年金者生活の開始となるが、ドイツ語ではなぜか、そのような年金生活に入った状況のことを〝Ruhestand〟(ルーエ シュタンド)と呼び、言葉通りとると、静止状態と読めるから面白い。しかし、私は、法的には静止状態に突入したとしても、極力アクティヴに生きたいものだという決意を強めたのであった。

同僚の死

また一人、私の人生で愛おしいと思っていた人を失った。きちんとした別れ方をすることもなく、私をこの世において逝ってしまった。脳梗塞を患い2週間ほど入院していたことは知らされていた。退院して自宅に戻り、それほど長い時間をおかず起こったことであった。

彼は私が勤務していた会社の同僚で、仮にF氏としておこう。旧東独で教育を受け、ドレスデンの大学で設計学を学び、純然たる設計士としてではなく、主として現場の工事関係に携わっており、東独時代には、独自の会社もいくつか持っていたこともあったそうだ。私の勤務していた会社でも、工事最高監理者として従事し、会社のホテル建設工事に最初から携わり、社員全体、及び外部の工事関係者の指揮を執る役目を仰せつかっていた。

おそらく彼が、ドイツ人スタッフの中で、日本の母体会社の日本人から信頼を勝ち取っていた唯一の社員であったと思う。日本からの社員が、常にフランクフルトに常駐するということも、ままならなくなった頃、ドイツ人であるF氏が日本人からの信頼を勝ち取っていたという事実は、実は感嘆すべきことだったと思う。我々の建築プロジェクトであったホテル建築が完成した折にも、日本にいる、ある日本人スタッフから、F氏がいなかったらホテル建築の完成はなかったかもしれない、という言葉を聞いたことがある。私に対しても、何か問題点が発生した際には、〝では、F氏と相談し、結果を報告するように〟という指示があったのも、いかに彼への信頼度が確実なものであったかという証しではないだろうか。

F氏は、かつての東ドイツに、工事関連の独自の会社をいくつか設立し、最終的には、全社を支払い不能、すなわち破産状態に追いやったと本人から聞いたことがある。そんなF氏が私が出した専門社員募集広告に応募してきて、私の上司とともに面接を行った時のことは、今も記憶に鮮明に残っている。

一旦は、F氏より低い月給を希望した他の応募者に決断し、F氏には断りの通告をすることになった。しかし、比較的よくあることだが、正式採用した第一候補者が3ヶ月の試用期間に合格できず、つまりは、雇用者側の期待に叶うことができなかったということで、労働法の規定に準じ、試用期間が終了する2週間前には解約、つまり解雇の通達をすることになった。

結果、二番手であったF氏が順送りで採用決定となった。彼はフランクフルトにおけるホテル着工から棟上げ式、竣工に至るまで5～6年間、私の勤める会社の社員として勤務した。勤務期間中は、会社が一番最初に借りたマイン河が窓から見える事務所で机を並べ、他の社員とともに、工事開始に向かい準備仕事に明け暮れる毎日が続いた。

私が所属するフランクフルトの現地法人は、最初私の他には、F氏を含め3人ほどの専門職員で成り立っていたが、社員数もそれほど多くなかったこともあり、ふた冬ほど、皆に私個人としてクリスマスプレゼントを贈ったことがあった。あるクリスマス前に私は、F氏に井上靖の『氷壁』の独語訳を贈った。彼は日本文学の『将軍』の独語版も読んでいたが、『氷壁』には感動したと述べていたことを思い出す。

F氏は、退社時間の18時近くなると、自分の幼少時代のこと、他の5人の兄弟姉妹たちのこと、両親のことなど、主に昔の東独時代の私生活のことを懐かし気に話し、自分が過去、海外で従事した仕事のことも面白おかしく語ったことも多々あった。自分で話したいことだけ思う存分話した後は、定刻、〝じゃあまた明日〟とさっさと帰宅し、その後、私は残りの事務仕事の片づけに従事したものであった。

フランクフルトのホテル竣工後は、次のプロジェクトの工事開始時期のめどが立たず、フランクフルト所在のドイツ現地法人の、我々の会社（有限会社）自体を解散するという方針が日本の母体会社で決議され、結果、社員全員が無期雇用の契約となった社員をも含め、解雇されなければならないという状況に至ったのである。

各社員に対する解雇状を準備するのは、オフィスマネージャーである私の仕事であった。社員が全員退社した時間帯を見計らって、解雇状を独語で作成し、和訳も付け、ドイツ現地法人の取締役の署名をもらうべく、前代未聞のいわば、『大量解雇』の準備をしたのであった。弁護士を頼み、母体会社の2名の取締役が本件対応の目的で、日本から出張し、ホテル内の会議室に同席してもらい、解雇状を各人に手渡し、解約手続きの開始となった。

9人の社員の内2名は裁判所で訴訟を起こしたが、大半は、ご多忙にもれず、数回にわたり病欠届を私に提出し、数週間単位で解約期限に至るまで、ずるずると欠勤し、いつか会社から完全に消え去った。F氏も病欠届け出を出し、フランクフルトのアパートを引き払い、北ドイツのバルト海に近い、小さな村のバンガロー（一戸建ての平屋）に引っ越した。

その地域は、当時、旧東独やロシアから、夏の休暇を数週間過ごす人々のいわゆる、長期滞在型の休暇の家であった均一の住宅が数多く立ち並んでおり、東西ドイツ再統一後、経済状況の変化とともに、買い取り住宅として売りに出され、F氏もその1軒を購入したらしい。購入費は安価であっても、夏季専用の休暇住宅であったので、冬季に適したものではなく、かなりの改修工事のための出費が必要であったらしい。

その地域は、夏はロシアや旧東独からの、いわゆる休暇目的の長期滞在者や観光客でにぎわったが、冬場は閑散とした場所であったとのことである。F氏は彼の長年の工事に関わる知識を生かし、自分の持ち家の改修に精を出し、海から徒歩50mのところに位置するバンガローでの生活を開始したに違いなかった。

彼は自分のボートを所有しており、運転免許も持っていた。夏には毎日そのボートに乗り、1日を満喫していたそうだ。いつの頃か、ある初秋の日の午後、私の携帯電話にF氏から電話があり、〝毎日の生活が単調なので、何か、従事できること、自分の任務とすべき仕事がしたい〟と語り、私は、事情を心にとめておくことを口約束し、電話を切った。ちょうど、ベルリン市における次の建設プロジェクトの話が進捗しかけていたので、私は早速、東京の上司に該当の建築プロジェクトをより迅速に遂行させるため、F氏のような専門知識を持った、工事経験者の需要性を説明し、彼の再雇用を打診したところ、東京の母体会社から、F氏の再雇用に対する同意を受け、私は雇用契約の準備を開始した。2021年3月8日付けで雇用契約開始となった。再雇用ではあったが、２０２２年3月7日まで1年間の有期契約であった。２０２２年有期契約の終了が近づくと、彼は当然ながら契約延長の可能性について聞いてきた。これについては、予定されていた建築プロジェクトが、日本側の決議により、遂行中止となり、Ｆ氏の雇用の継続も必然的に不要となり、契約延長は不可である旨を通達した。Ｆ氏は契約更新不可の根拠を理解し、彼の就業も終結することになるが、それ以降も後片づけ的な仕事は続けていた。

２０２２年2月にＦ氏は入院し、私には、自宅で変な転び方をし、肩を打撲したので大事をとって週末をはさみ3〜4日入院するように言われたと話していた。その数日後の電話では、本当は脳梗塞と診断されたことを正直に報告してくれ、詳細は記憶にないが、少し長期の入院となることを連絡してきた。退院は2月末か、3月初めであったと思う。自宅からも定期的にリハビリに通っていた。

彼が亡くなったのは同月の3月20日であった。翌3月21日、同じ建築プロジェクトで発注していた解体業者の社長から、私の携帯電話にＦ氏が亡くなったという連絡を受けた。最後にＦ氏と電話交信をしたのが、その解体業者であったのだ。同じバンガロー住宅地域の近隣の女性が、Ｆ氏に彼の住宅の掃除を頼まれ、定期的に出入りしていたとのことで、当日も日曜日であったが、様子が変なのでＦ氏の住宅に入ったところ、異変に気付き、救急医師を呼んだが、医師はF氏の死亡を確定するのみであったそうだ。

F氏は離婚歴はあったが、長年独身で、彼のほかに5人いた兄弟もみな、亡くなっていると聞いていた。あとからやはりF氏と退社後も親しくしていた、当時の同僚から聞いたところによると、甥が一人いたそうだが、生前何らかのコンタクトがあったということは聞いたことがなかった。F氏は公には親戚縁者は一人もいないと語っていた。彼の日ごとのしぐさから見て取ることはできなかったが、実は天涯孤独の身であったのかもしれない。誰に看取られることなく、たった一人でこの世を去っていったF氏のことを思うと、さすが不憫であった。


F氏の再雇用の年の10月末頃だったと思う。一度、計画していた工事状況の話も兼ね、ベルリン市内で落ち合い、どこかでゆっくり食事でもしようと話していたところだった。しかし、その頃コロナ感染者数が上昇中で、長距離電車での移動は避けた方が賢明だということになり、状況が改善するまで、この約束は延期ということにした。実際その頃は、レストランなども、事前予約を必須とし、滞在時間を制限し、食事をとるだけといっても、なかなか容易な状況といえるものではなかった。

私は、ベルリンで有名な国立美術館がリニューアルし、再オープンしたと聞いていたので、ここへの入場をも組み込んだベルリン滞在を計画していた。電話やEメールでの交信だけでなく、一度ゆっくり会って話をしたいという計画は、ついに計画倒れとなってしまった。今思えば、延期したのが失敗であったのか、よくわからないが、こんなことになるのなら無理をしてでも、ベルリンでの再会を実施させるべきであったと何度後悔したかわからない。

ベルリンのプロジェクトがまだ進行中であった頃、彼はフランクフルトの事務所で仕事をしていた私に、時折、状況報告と言えるか言えないか、わからないような唐突な電話をしてきたが、最初の出だしがいつも〝ご無沙汰だったが、僕はまだ生きているよ〟というものであった。

当時は、私も〝ああそうですか、よかったですね。〟と笑い飛ばしたものだったが、今となっては、本当にお互い生きているうちに話をしたり、会ったりしておくべきだったと、後悔の念にさいなまれるのみである。それからというもの、この人と会いたい、この人と話をしたい、ここへ行きたい、これを見たい、これを買いたい、これを食べたい、というものがあったら、ある程度の時間や出費がかさむことが想定されても、決して待たないこと、延期しないこと、我慢しないことを固く心に誓ったものだ。まだ大丈夫、まだたっぷりあると思った時間に逃げられてしまうということがあるからだ。

後悔しても遅い、とよく言われるが、後悔することを極力防ぐため、迅速に物事を実行するということに徹しようと決心した。待たない、言ってみれば、我慢しない、あれこれ考えすぎない、ということをモットーにしようと心に決めた。思い立ったらすぐ行動に移す、とよく言われるが、思い立ったら迅速な判断を下し、行動に移すということにしようと決めた。迅速に判断を下すためには、普段からそのための判断力をつけておくことが、必要となるのであろう。

私はF氏は三つの言葉を駆使する才能があったと思う。工事現場で作業員と話すときの工事用言語、建築監査局などの役所の公務員と話すときの役所言葉、そして設計士や技術者などの業界のインテリと話すときの言葉である。彼はケースバイケースで、対応相手が誰であろうと、この三つの言葉の使い分けを駆使できる人であったと思う。

いまだに悔いが残るのは、新しい仕事内容で右も左もわからず、専門知識が皆無であった私に、初歩的な事柄も面倒がらず、時間の許すかぎり丁寧に説明してくれ、補佐してくれたF氏に心から、〝あ・り・が・と・う〟と言う、いかにも単純な感謝の言葉を伝えるチャンスを逸してしまったことである。

今振り返れば、F氏と電話中に、彼の方から私に対し、とても感謝していると述べたことがあった。私としては特別具体的に何をしたという記憶もなかったが、どうも彼の再雇用の際に、労を惜しまず、詳細にわたり日本とやり取りしたことに対することが、主だった理由だと思われた。初回の採用後の実務中の期間における私の業務、対応に対しても感謝しているとも述べていた。そのときは、私としても彼からの私に対する感謝の念に対し、何らかの反応も示すことなく電話を切ったはずであった。後になって、自分から感謝したいと思う人がいるならば、時期を待たず、機会があれば即座に行動に移すべきであると痛感したものである。

当時事務所で、業者からクリスマス時期に受け取ったワインの中で、自分は赤ワインしか飲まないからといい、白ワインのボトルは、皆に配っていたことがあったが、いつしか彼とベルリンで赤ワインのグラスを傾けながら、歓談する機会も失うこととなり、私が日本から持ち帰った日本酒で、事務所内新年会をしたことが数回あったが、F氏が気に入っていた、その冷酒をいつかベルリンで、プレゼントしようと小瓶を1本買い求めていたが、これを渡す機会も逸してしまった。彼が自宅の近くの海でボート乗りができたのは、せいぜい3回の夏であったと思う。今年も夏が来て、ボートを出すのを楽しみにしていたF氏であった。

第6章

年金受給者となった私

北ドイツへの旅

2泊3日の短い北ドイツへの旅を計画し、早割で格安乗車券を3週間前に購入し、9月初めの晩夏というか、ドイツでは珍しい30度を超すような残暑が続く週の半ばに、フランクフルトを列車で出発した。乗り換えなしの直通列車で6時間半以上かけ、目的地のロストック（Rostock）へ到着し、いつも利用しているドイツのチェーンホテルへチェックインした。ロストックはハンザ同盟に加盟していた、いわゆるハンザ都市のひとつであり、メックレンブルク-フォアポメルン（Mecklenburg-Vorpommern）州で人口20万強の最大都市である。オートムギ、穀類、ニシンなどが主な流通物資であったそうだ。

この州は、東西ドイツ再統一時、東独時代の5つの州のうちの一つであった。西ドイツの11州と東ドイツの5州が合わさり合計16州となったわけである。この州の州都は、シュヴェリーン（Schwerin）という人口9万5０００人の都市である。必ずしも最大の人口を持つ都市が、その州の首都にならないというところが面白いといつも思う。例えば、私が住んでいるヘッセン州の州都は人口30万人足らずのヴィースバーデンという町で、人口76万人のフランクフルトではない。

今回の旅行は、この2都市を訪れるのが目的であった。シュヴェリーンは、私がまだ職業生活をしていた際、出張でベルリンに行く機会が多々あった頃、フランクフルトへ戻る際に一度立ち寄りたいと思ってはいたが、結局機会を逸したままになっていた街であった。

フランクフルト出発前に、両方の街での約1時間30分の徒歩によるガイディングツアーをオンラインで予約した。いずれも一人10ユーロという安価なものであるにもかかわらず、このような散策ツアーに参加し、1時間半の説明を聞くことで、その街のことが完璧にわかったような気になるから不思議なものである。14時スタートのロストックでの参加者は10人ほどで、滞在3日目に私が参加した、11時スタートのシュヴェリーンでは25名という大きなグループとなった。ガイディングツアーの集合場所はたいてい、旧市街地の市庁舎の前か、ツーリストインフォメーションの前である。ロストックでの市内ガイドは、東独時代から再統一した際に修復された建物の説明を主体としたものであった。ファッハヴェルクという、躯体が木組みで丸太と丸太の間に藁を詰めた農家スタイルの建築様式が、ドイツ全国のあちこちで見られるが、ロストックのファッハヴェルクは、藁を詰めるのではなく、防災の関係でレンガ、正確にはクリンカーという二度焼きしたレンガを詰めたものであった。こうした建築様式も、ロストックが裕福な商業都市であった証であるとのことであった。その種の建築物が立ち並ぶ一連の光景は美しく、足を止め、写真を撮るに値するものであった。今日では銀

美しい建物に入っているマクドナルド

行が入っていたり、資料館として使われていたり、また地上階は、カフェとなっていたり、利用用途はさまざまであるが、旧市街地のほとんどの建物が文化保護建築物に指定されており、ファサード、つまり外壁は原型を崩した改装をすることは禁じられている。レンガ造りの美しい建物の中に、マクドナルドが入っているのには驚いた。

　シュヴェリーンの市内ガイディングのハイライトは、なんといってもシュヴェリーン城である。今日、メックレンブルク-フォアポメルン州の行政が使用しているそうだが、過去のあるドイツ大統領は、ドイツ各州の中で政治家が最も快適に仕事ができる役所であると、この城の美しさを称賛したという。メックレンブルク大公、侯爵の城として、西暦942年からわずか20年の年月で、ほぼ現在に至る形にまで建築されたこのシュヴェリーン城は市にいくつもある湖の一つに面して建っており、役人は仕事部屋から湖を見下ろしながら、日ごとの行政業務を遂行することができるとのことである。このような数々の美しい湖が、街の真ん中に位置するシュヴェリーン市は、大戦時、取るに足らぬ小都市であるということで戦災を逃れた町であった。

さて、実のところ、今回のこの2都市だけを訪れた小旅行中、前章でお話しした、かつて同じ会社で一緒に仕事をした同僚のF氏がフランクフルトを離れた後、住み着いた地域をも訪れることをスケジュールに組み込んでいた。ロストックから電車で小一時間行った小さな町でタクシーを事前予約していた。私が下車したその街の、駅員などいない小さな無人駅でタクシー会社のドライバーは、私を待ち受けていてくれ、前もって情報を流していた、私の目的地まで運転してくれた。

駅から駅までの往復走行と、約1時間の待ち時間を含めた一括固定料金を前もって取り決めておいた。駅から私の目的地、すなわちバンガローの集落地までは田舎道を約30分ほど走ったところに位置しており、途中バスなどの公共の乗り物に出合うことは一度もなかったので、自家用車かタクシーを使う以外には、たどり着く方法はない地域であった。このような僻地にある、冬季も生活できるように自力で改修したバンガローから、F氏は我々が勤務していた会社の建築プロジェクトのために、たびたびベルリンへ出張したのであった。出張時、彼は最寄りのドイツ鉄道の駅まで自分の車で行き、そこからベルリンまで列車を利用した。夏、独自のボートを海で運転するのを楽しみにしていたF氏であったが、2年前の夏をも迎えることなく他界したのであった。

私はそのバンガロー街を少し散歩し、日本式に言えば〝供物を備える〟とでもいうのだろうか、フランクフルトで買い求めた日本酒の小瓶と、駅の近くの小さな花屋で買った花束をそのバンガロー街の入り口付近に残し、約束の時間まで待っていてくれたタクシーに再び乗り込み、帰りは行きより走行時間が短く20分ほど走り、朝、10時過ぎに降り立った駅まで戻りついた。ロストック行きの帰りの列車が入ってくるまで30分ほど時間があったので、私は駅前広場にいくつも立っていた、人のような形をした木工芸術作品を写真に収

ノイシュトレーリッツの中央駅

ノイシュトレーリッツ駅前広場

め、この田舎町の見納めとし、F氏の供養収めとした。

時間を50年前に戻すことができたなら……

自分が生まれてから、これまでの時間を50年間戻すことができたなら、つまり18～19歳の時代にまで戻すことができて、当時と異なる決断をするに至っていたらのなら、今の暮らしにどのような影響があるものかと考えてみた。18、19歳といえば、大学1年、2年の頃であろう。あの頃、唯一のボーイフレンド、ナンバー1であったN君と、渋谷のハチ公銅像前で待ち合わせ、東京都心のプラネタリウムで星を眺め、背景に流れる音楽を聴きながら、静かな、心和むひと時を過ごしたり、映画館などには一度も入ったことはなかったが、ボトルをキープしていた、学生バーでオンザロックを飲みながら、学生談議に花を咲かせたりと、ごく平均的な学生生活を送っていたと思う。

その人物について詳細の描写をすることは避けるが、本当の意味でのロマンチストであったと思う。すでに20歳代に将来の、いわゆるエリートコースが彼の前に敷かれており、彼はただひたすら、その線をたどって今に至ったに違いないと想像する。そして彼が実行した、現在までの職業生活は、おそらく彼のロマンを満たしてくれる最高の手段であったと思われる。

彼こそ海外でも、大きく羽ばたくことのできる人であった。無限の可能性を持った人であった。でも彼は日本を選んだ。日本を基盤にした。果たして、海外に羽ばたく、ということがそれほど意義のあることかどうか、疑問視する昨今である。戦後、日本の大手家電会社や自動車会社が競って海外に進出していったが、今はもう「戦後」ではない。実は、私も最近は本当に優秀な日本人は、日本を出ない方がよいのではないかと考えるようになった。

自然に関することだけでなく、文学、宗教、あらゆる分野に幅広い興味を持ち、知識を広げることのできる彼のような人こそ、日本が誇りにできる日本人といえるかもしれない。自然を愛し、ロマンを追い続け、人を愛することのできた彼は、私にとって本当の意味で、宝物のような人だったのかもしれない。私がそれに気づいたのは、はるかこのドイツの空の下であった。

今、人に一番行きたいところはどこかと聞かれたとき、紅葉の時期の上高地と答えることにしている。あの紅葉の鮮やかさは、今でも時折目の前に浮かぶことがある。もう一度死ぬまでに、といっても大げさでないくらい、紅葉の八ヶ岳が見たいと思う。秋の上高地を歩き、河童橋から３０００ｍ級の山々を見たいと思う。70年代初めの学生時代、彼と新宿から夜行列車に乗り、早朝訪れた上高地をもう一度歩きたいと思う。

偶然どこかで彼の顔写真を見たことがあったが、面影はあったが、ずいぶん年をとっていた。なぜかその姿から彼が今、現実に送っている生の生活を頭に描くことはできなかった。私に長女が生まれた頃、一度こちらから手紙を出したことがあったが、彼は大学時代の山登りのサークルで知り合った女性と結婚し、確か子供が生まれたということは彼からの手紙で知った。もうその子供たちも成人し、今は彼の妻たる人と知的で優雅な生活を送っているにちがいない。

当時2年ほどの彼との交際のあと、ボーイフレンド、ナンバー2が登場する。本当にこんなことがありえるかと思うが、最初、苗字も下の名前も全く頭に浮かんでこなかった。しばらく考えるうちに、さすがに漢字も思い出した。

彼の大学卒業後の就職先は周知していた。その就職先は私が生まれ育ち、実家のある札幌市郊外であった。私は大学卒業後東京から戻り、4年制の大学を出たためか、あるいは3月に今で言う、いわゆる卒業旅行にあたる北九州周遊一人旅を実行し、4月に入ってから悠々釈然と実家に戻ってきたためか、就職先などあるはずがなかった。大学卒業と同時にその彼とも区切りをつけたつもりでもあった。

大学院聴講生という位置づけで少しブラブラし、間もなく父のつてで、勤め先にありつき、札幌のある医科大学で約2年半勤めた。なんでも教授秘書とやらのポストであった。いずれドイツ渡航のための資金稼ぎであったので職種は何でも良かったのだ。その間、近くにいながら彼と会ったのは、私の留学時代と結婚の間の時期、身の回りを片づけるため、少しの間実家に帰っていたときの一度きりで、それが彼との再会であり、同時に最後の出会いとなり、その後まもなく私はドイツへ来てしまった。25歳の9月であった。

札幌で別れるとき、私がドイツのハイデルベルク大学に留学中に撮った写真で、たぶん大学の図書館の建物の前に立っていたのだと思うが、その1枚をどうしてもほしいと言われ、実は自分も気にいっていた1枚だったのだが、手渡してしまったのを覚えている。それが最後の彼へのプレゼントになったといえるかもしれない。それきり会うこともなく、手紙を書くこともなく、41年という年月が過ぎた。

当時の日本なので、卒業後入社した会社を転職することなく定年までいる、ということは珍しくないのかもしれないが、彼もあの時入社した同じ会社に定年退職まで勤務していたのか否かは、知る由もない。しかし、彼が、平凡な結婚をし、仕事を終えた帰宅後、冷たいビールで一息つき、幸せな家庭を築いているであろうと想像するのは容易い。私がこのドイツの地で絶対に手放さないと心に誓い、必死に固執し続け、かろうじて維持している幸せと比べたら、彼の保持する幸せはきっと10倍も大きなものかもしれない。ひょっとしたら、当時25歳の私は日本の中でのそんな平凡さから逃げ出したのかもしれなかった。

カトリック信者である彼は、妻と子供と、そしてもしペットがいればその愛犬か猫を限りなく愛し、会社内での出世などには全く関心がなく、かといって会社に対する忠誠心はひと一番強く、自分に与えられた仕事は決して、ないがしろにできない性分を持ち続け、今では年金生活を満喫しているかもしれない。

本と映画が大好きな青年であった。よく夜中まで本を読みふけり、読書中のタバコで灰皿が山になったと話していた。アーサーミラーの『セールスマンの死』が好きで、よく解説してくれた。遠藤周作も好きだった。映画は志村喬主演で黒澤明監督の『生きる』を何回も見たといっていた。私も見たが、命短し、恋せよ乙女……というテーマ音楽が懐かしい。志村喬さん演じる老人が、遊園地のブランコにすわり、ゆっくりと揺らしながら、この歌を歌い、命を落とすのだ。

そんな地味な読書青年は、当時の私にはあまりにも平凡すぎたに違いない。その平凡さの影に、無償の愛情とひょっとして限りない幸せが潜んでいたのかもしれないということを見抜くことは、当時22~23歳の私には不可能に近いものであったに違いない。

大学生活4年を経過し、常識的に言えばいわゆる適齢期であった当時25歳の私の頭の中は果たしてどうなっていたのかと回想してみるが、とにかく日本の外へ一度は出てみたい、という信念というか、何か一途な思いが私の頭の大半を占領していたように思える。

〝お前は結婚するには未だ早い。日本以外の国を知らずに日本だけで一生を過ごすなんてことは考えられない。ヘルマンヘッセやゲーテなどの天才作家を生んだドイツという国を体験すべきだ。〟と、どこかで、誰かにそんな信念を植え付けられたのかもしれない。

それが私の父であったのか、私の大学で独文科という専門学科を選んだせいかはわからないが、15、16歳の頃、ヘルマンヘッセの作品を夜、寝床の中でほぼすべて読み干し、近視となり、高校生でめがねが必要となったのは、この夜中の読書のせいであったと考えている。

母方の祖父が研究滞在していたベルリンのフンボルト大学

この頃この図書を原語で読めたら、どんなにすばらしいことかと、ぼんやりと思いをめぐらせた記憶はある。あるいは、これも15、16歳の頃だったと思うが、ウィーン少年合唱団の公演が札幌で行われるとチケットを買い、数回、コンサートホールに出かけたものだが、ウイーンから来た少年たちの歌声もさながら、ドイツ語という言語の持つ、何とも音楽的な、美しい響きに魅了され、もちろん当時言葉の内容は全く理解できなかったが、何か憧れに似たような感触を得たのを覚えている。

実は、大学の生物学者であった母方の祖父も、1930年代、まさにヒットラーの全盛時期だが、ベルリンのフンボルト大学に客員教授として、3年滞在したことがある。当時は日本から船でヨーロッパへ渡ったそうだ。そして、私のドイツ行きは父の影響があったということも十二分に考えられる。

父は60年代、独日間の国の交流制度であるDAAD（ドイツアカデミック交換サービス）で、フランクフルト　アム　マインから、やく70㎞ほど離れたところにある、ギーセンという大学街の大学で、獣医学部客員教授として1年赴任していた。私が中学1～2年の頃である。

父の帰国後、毎晩夕食時には父のドイツ生活の話で持ちきりになったが、父がわずか1年のドイツ生活をどのように送ったかということよりも、それにまつわるドイツ人のものの考え方、特に日本人のものの考え方とのあまりの違いに驚きと感嘆を覚えたことを思い起こす。いわゆる文化の違いと言うのだろうか、この違いをいつか自分の目で確認し、肌で感じ取ってみたいという漠然とした思いをドイツにはせたものであった。

父は交換教授時代、こまめに母宛てにドイツから絵葉書をよこしていた。アルバムで何冊にもなるほどの量であった。ドイツ特有のメルヘンチックな木組みの家屋や、旅行先のスイスの山々の美しい風景の裏に、その一枚のはがきのスペースを余さず使わないと損だとばかりにぎっしり、几帳面に書かれた絵葉書の数々は、父のドイツ日記であり、まさに1年という比較的短期間の滞在日記であった。父にとっては記録であったから、絵葉書には、どこへ行った、何をした、というように事実だけが淡々と述べられていた。

こうした家庭環境が、私をドイツへ駆り立てたといってしまえば話は容易なのだが、やはり〝運命の糸〟にひかれドイツに来てしまったような気がする。よく日本を捨てた、という言い方をする人がいるが、私は自分の国を捨てることなど、できるものではないと思っているし、外国に長くいるとその国の国籍に変える人もいるが、私は日本国籍をどこの国のものであろうと他の国籍に変えるつもりは毛頭ない。私にとって国籍というのは何か神聖なもののように思えるからだ。私は日本のパスポートを一生持ち続けるであろう。


何はともあれ、私は日本を捨てることなく、日本人として、そして外国人というレッテルを張られたまま、日本で過ごした年月をとっくに越してしまった40年余りをこの第二の故郷、ドイツで過ごすことになったのである。一般に〝第二の故郷〟という言い方がされるが、故郷、ドイツ語でHeimatという女性名詞に、理論的にはHeimatenという複数形は考えられるが、実際に使用するのは単数形のみである。

今、タイムマシンで50年前の世界に飛び戻ることができたとしても、試行錯誤の末、おそらく私は当時と同じ決断にたどり着き、同じ行動をとったであろうと確信する。決して負け惜しみとか、あきらめではなく、単に当時、運命の糸にのせられてしまい、それが意外と居心地の良い飛行であったため、ここまで来てしまったというのが正直な見方かもしれない。

散歩友達

フランクフルトのマイン川沿いに住宅を構えてから10年ほど経った頃、散歩友だちを持つことができた。マンションのツーブロック先に住んでいる76歳の女性で、旧東ベルリンで生まれ育ち、いつの頃かフランクフルトに越してきたそうだ。母親はドイツ人で、父親はロシア軍人であり、彼女が生まれた頃には自国へ戻り、彼女は父親を知らずに今まで生涯を過ごした。仮にTさんと呼ぼう。Tさんは、ベルリンの工科大学で資格を取得し、定年までベルリン、フランクフルトの外資系の会社でエンジニアとして勤務したベトナム人のご主人と、フランクフルトから200㎞ほど南にある、シュツットガルトの街のアメリカ系の法律事務所で弁護士として勤務している、現在36歳になる一人娘がいる。Tさんが40歳の時の子供だそうだ。Tさんの誕生日、クリスマス、イースターの祭日には、オランダ人のボーイフレンドと一緒にフランクフルトの実家に〝里帰り〟するようだ。

私がTさんと知り合ったのは、自宅から徒歩5分のところに、当時ドイツでボーリス　ベッカーが一世を放った頃、時期を同じくして、テニスの女王と呼ばれたシュテフィ　グラフが創立者であるという、Miss Sporty という名称の、フランクフルト市内に何か所かある女性専用のチェーンジムであった。残念ながら、メンバー不足ということでそのジムが閉鎖になり、会員であった我々も必然的に解約され、他の地域にある Miss Sporty が紹介され、会員として、その施設の使用を続行することを提案されたが、私の自宅からは公共の乗り物を乗り継いで45分を要する場所にあったため、そのオファーは却下した。

ある日、偶然スーパーからの買い物帰りに、Tさんのマンションの前で、彼女が自分の郵便ポストに届いた郵便物をチェックしているところに出くわし、私にしてはかなりとっさな行動であったが、土曜日の午後、お茶の時間に招待した。ドイツの〝お茶の時間〟はイコール、コーヒーの時間である。ドイツ国民のコーヒー好きは有名だ。

しかしながら、Tさんはコーヒー党ではなく、紅茶派であったのだ。たいてい、ドイツ人は、〝コーヒーでも一緒に飲みませんか〟という誘い方をするが、コーヒーは前述したように、〝お茶〟の代名詞であるので、一応、〝コーヒー党ですか、紅茶党ですか〟と確認することが一般的だ。私もご多分に漏れず、Tさんに前もってたずねておき、紅茶党であることを確認した。午後のお茶の時間には、ケーキがつきもので、私は、フランクフルト市内の日本人女性が経営しているケーキ店から、抹茶味のシフォンケーキ、チーズケーキ等の日本的なケーキを買い求め、午後のお茶の時間の準備をした。

そのケーキ店はTさんもよく知っているお店であった。その1週間後、お返しのお招きがTさんからあり、私はそれを快く受け、マイン川沿いを定期的に散歩する計画も出来上がり、お互いオンライン天気予報で天候をチェックしながら、一日前、ないし当日午前中に電話で時間を落ち合わせ、ドイツ特有の散歩を実行した。

ドイツ人は、毎日の仕事の後や、日曜日の昼食後にいわゆる散歩を実行するが、散歩というのは、目的なしにひたすら、1時間以上歩くということである。我々の場合は、それぞれの自宅からマイン川まで徒歩1分なので、マインプロムナーデ(〝マイン川遊歩道〟という意味)をゲルバーミューレというホテルレストランのある所まで歩き、この地点で折り返し、帰宅するのが適度なコースであった。このマイン川沿いの遊歩道は〝ゲーテの散歩道〟とも呼ばれ、ところどころにそのように書かれた看板が立っている。

Tさんは、私より7歳上であった。ドイツ人にしては小柄で、一緒に散歩するには釣り合いが取れて、話しもしやすく良い散歩友だちとなった。いずれにせよ一人で家の周囲を散歩するよりは、Tさんにとっても私にとってもメリットになったことは疑いのない事実であった。そうこうするうちに、二人ともシニア専用の格安定期券を所持しているので、近距離電車を利用して一日旅行でもしてみようということになった。

最初の我々の目的地は、桜並木で有名なボンであった。フランクフルト、ボン間の往復の列車の選択などはすべて私の役目となった。ボンは、東西ドイツ再統一後、1990年までベルリンに首都が移行するまではドイツの首都であったが、いわゆる〝仮の首都〟と呼ばれていた。西ドイツの人口30万強のライン川沿いの、大学街である。父なるラインと呼ばれるこの全長1330kmあまりの川の、最も大きな支流がフランクフルト市内の東西に流れているマイン川である。

ボンの桜並木

その年のドイツの桜並木のお花見最盛期は市の観光局の開花情報などを調べた結果、ちょうどイースター(キリスト教の復活祭)の時期と重なっていて、我々も祭日の合間の土曜日を利用し、フランクフルトからボンまで、約2時間の列車の旅を遂行した。Tさんと私、二人の年金者の朝の出発はかなり遅い時間帯であ

歴史的景観を大切にする街並み

フランクフルトから列車で約30分のところにあるイデュシュタイン旧市街

る。ボン行きも10時台の列車でフランクフルトを出発し、到着は昼時となる。我々の一日旅行は昼食レストランを探すことから始まることが多い。

以前からうすうす気ずいてはいたのだが、Tさんは明らかに、短期記憶が弱くなっている。30分前、1日前の記憶が薄れている。昼食1時間後に、〝今日の昼食は何を食べたのだったかしら〟と私に聞き、私が答えると納得する。ボンでは中華レストランのバイキングを選んだが、その食事中も〝冗談を言うつもりはないのだが、今自分がなんという街にいるのか、わからない〟と言い出し、この同じ質問を3回繰り返し、その都度私は〝ボンですよ〟と答え、納得させていた。これに類することが多々起こったが、我々は気候の良いうちにと、鈍行列車を利用し、私がスケジュール担当をし、フランクフルトから1～2時間で行ける範囲の街々を訪れた。こんな近いところにこんなに素晴らしい街があったのかと、自分でも感嘆しながら、私はTさんとの一日旅行を楽しんだ。

Fachwerkファッハヴェルクと呼ばれる、15～16世紀の農家建築である木組みの家屋が立ち並ぶ、旧市街地のあるイデュシュタインやリンブルクなど、30、40年前に一度行ったことがあったが、私の記憶からはすっかり消え去っていた街々であった。Tさんはことあるごとに、私と一緒に実行した一日旅行で訪れた街々のことや、森林浴をしにフランクフルト郊外の街に行った時のことを思い出しては、素晴らしい経験だったと称賛し、またお花見の季節になったら、ボンの桜並木を歩きたいと話した。最近ではフランクフルト市内の植物園の中に、特別設置されている〝蝶々館〟に行ったり、現在進行中の映画をチェックし、もう何年も行っていなかった映画館へも出向いた。

Tさんの短期記憶喪失状態が、認知症の初期症状であるか否かは、私は医者ではないので何も言うことはできないし、医者でのチェックを進めるなどは、今のところまだしたことはないし、するつもりもないが、Tさんは、この寒くて暗い冬が過ぎ去り、明るい春が到来したらまた、私と一日旅行や長時間の散歩をするのが楽しみだとよく話す。

Tさんのご主人は定年後はすっかり出不精になり、Tさんが外出を誘っても、いつもノー

（No）というらしい。折に触れTさんは私に、5年前は今と比べ体力的にも、精神的にも全然違った、と言うが、果たして私の5年後は果たしてどうなっているのだろうと、自分自身の近い老後のことを考え、一抹の不安が押し寄せる昨今である。

Tさんは間もなく、フランクフルト市の成人学校で開催している、さまざまなコースの中からオランダ語の初心者コースに参加することを決心したようだ。娘さんのボーイフレンドが、オランダ人なのでモチベーションも上がり、頭の体操にもなるというのが彼女の言い分であった。Tさんは26年前からこの成人学校で1週間に一度の英語のレッスンを受け持っていた。彼女の英語のレベルはかなりのもので、昔、専門語学学校で英語を学び、公認の裁判所通訳の資格を持っている。昔は翻訳、通訳の仕事をしたらしいが、自分に一番合っているのは英語を教えることだと言っている。

最近になって、彼女のレッスンに参加している生徒の一人から、Tさんは参加している生徒の名前をすぐ忘れると、学校の管理事務所に告げ口され、最終的には、退職届を出すに至ったそうだ。前から、そろそろ若い教師に席を譲ったらどうかなどと、退職を打診されていたということを話していたが、いわゆるモビングされた形でやめることになったのか否かはわからない。

Tさんはフランス語の知識もかなりあり、また趣味でイタリア語も学んだことがあるそうだ。本人が本を読むのは中毒だというほど読書が趣味で、いつも英語の原本を読んでいる。夜中1時、2時まで読書にふけることもあるらしい。

Tさんの瞬間的なもの忘れの進行状態が、今後どうなるかはわからないが、我々二人が健康である限り、Tさんと私のマイン川の散歩はこれからも続けられる限り続けたいと思う。

首都ベルリンの国会議事堂にたなびくドイツ国旗

ベルリン市内

終章

私の国歌

私の国歌

２０２２年11月21日、サッカーワールドカップが、カタールで開催の幕を開けた。この４年に一度のワールドカップは通常、６月から７月の夏季に開催されるが、この年は、開催地に選ばれたカタールの夏はあまりにも暑く、健康上、スポーツの開催時期にふさわしくないと判断され、ドイツの冬である11月から12月に期間が決定された。ガーデンレストランで冷たいビールを飲み、家族でアイスクリームを食べながらの観戦というのが常であったが、今年はクリスマスマーケットの開催される中、グリューワインという、取ってのついたカップでなければ、熱くて手にもてないほどのマグカップに入った、赤ワインを主体に、レモン、ハーブ各種の香料を使ってグツグツと大きな鍋で加熱した、典型的なクリスマス時期のアルコール飲料を飲みながらの観戦となった。

さらには、史上最大の問題ありのワールドカップとなったが、まずは開催地の選択時点からの癒着問題である。最近になっても、シュトラースブールのＥＣ国会の副議員団の一人である女性議員が、当時カタールを訪問し、最高責任者と会っていた等と報道され、その問題の女性議員の自宅で、現金の詰まった段ボール箱が発見されたとテレビのニュースで聞いた。

さらに、サッカー協会ＦＩＦＡ（Federation Internationale de Football Association）は人権侵害の問題で、開催のかなり前から批判を受けていた。今から12年前の２０１０年にサッカーワールドカップの開催地と決定した時点から、工事現場の現場作業員に対する雇い主側の対応、特に報酬額、宿泊施設の状況などを含め、許容範囲の条件をはるかに上回ったものであり、人権を侵害するものであるという批判が高まっていた。例えば、現場作業員への給与が基本賃金に満たない額であり、さらには、支払いの遅延、工事期間中の宿泊施設も、とても人間が生活できるレベルのものではなく、８人、10人部屋での生活は、個人の人権を尊重するには程遠い状態であることが、テレビの報道番組で折に触れては報道されていた。

また、工事中、工事に携わった作業員、従業員の工事現場内での事故が起因となる死亡件数が、何千人という単位となったそうである。死亡者の遺族に対する対応も、ままならないことも非難の的となっていた。開催日がかなり近づいた頃、中でもドイツ代表チームとイギリス代表チームキャプテンが、キャプテンの腕章をつける代わりに、とりわけ対人種差別を意思表示するところの〝one Love〟という腕章をつけて試合に臨むことが予定されていた。

こんな動きに対し、ＦＩＦＡは〝スポーツのイベントとしてのサッカーワールドカップに政治的要素を介入してはならない。そのような行為を禁ずる〟と表明し、さらには、このルールに反した者には、25万ユーロ（約３０００万円）の罰金及びイエローカードを与えることとすると発表した。最終的にはドイツチームも、イギリスチームも初戦では one Love の腕章をつけることはしなかった。しかし、ドイツ代表は予選リーグ1戦目の日本戦の試合開始の数分前、その試合に出場するプレーヤー、イレブンのグループ写真を撮影するが、カメラマンがシャッターを押したその瞬間、11名のプレーヤーは全員、右手を口の前にあて、〝個人の意見を述べることは禁じられている〟ことを暗に示すポーズをとったのであった。この一瞬のジェスチャーは、果たして全世界に報道されることとなった。後から知ったのだが、このグループ写真撮影の際の、このポーズをとることに心から同意していたのは、キャプテンであるゴールキーパーと、もう一人のプレーヤーだけであったそうだ。

ドイツ代表は日本戦に敗れ、2戦目の対スペインは同点、3戦目のコスタリカには勝利したものの、最終的には、グループリーグの段階で勝ち残れず、すなわち16位以内に入ることができずに、4年前と同様、またも早々に帰国するという情けない結果となった。これらの事実結果は、まだ記憶に新しく、ドイツブンデスリーガである、フライブルクの監督はカタールでの開催が決定された12年前にすでに、経済状況、気象状況等を考慮すると、カタールでのワールドカップ開催は不適切であると述べていたそうである。また、開催直前になって、カタールの人権侵害を批判し、また、one Love の腕章云々に関する議論など、12年間という時間があったにもかかわらず、なぜ開催間際になってあえて騒ぎ立てるようなことをしたのか、との批判も出ていた。

ドイツチームが敗戦し、帰国する際には、完全にＦＩＦＡの反感を買い、カタールの観戦客にも〝さっさと自国に帰るがいい〟と後ろ指をさされたそうだ。空港に到着した代表一団には、出迎えるファンも少なく、その後間もなく、スポーツダイレクターが責任をとって自主退任し、監督は第二のチャンスを与えられたとかで、今後1年半後に控えている、自国でのサッカーヨーロッパカップの監督も務めるそうだ。キャプテンを務めるキーパーは、頭の中を空にしたいとかで（よくドイツ人が、疲れているので気分転換したいというときに使う表現だが）、南ドイツでスキーをしていて、足を骨折し、年が明けてからの後半シーズンには回復が間に合わないとのことであった。

そんな一連のワールドカップにまつわる出来事がひと段落するまで、私は、ドイツ代表チームについての動向が気になり、ニュースの報道を追いかけたものであった。ワールドカップへの出発前は、今回は、果たして優勝の可能性があるようなことも話していたが、結果は悲惨なものであった。一戦目の日本戦に勝てなかったことが、最大の敗因であったようだ。勝つ予定であった日本に負けたことが想定外であった。今回のワールドカップのドイツvs日本戦では、どちらの国を応援したかというと、ドイツであったというのが正直なところかもしれないが、最終的には、私としては、日本が勝ったらよく頑張ったと心からほめたたえ、ドイツが勝っていたとしたら、勝つべくして勝ったのだと安堵したはずであった。要するに、どちらの国が勝ってもよい、という両国の中間の椅子に座り、片手に黒、赤、金のドイツの三色旗、もう一つの手に日本の日の丸を持って両者に旗を振っているのである。

しかし、ドイツ代表のサッカーチームが、彼らの夢を果たすことなくピッチで、年齢的に今回が最後のワールドカップとなるであろうプレーヤーが、敗戦に打ちひしがれた姿を見た時、彼らと感情をともにし、心痛している自分を感じたものであった。サッカーに限らず、オリンピック競技での勝利の際、表彰台に立つ参加者の出身国であるドイツ国旗が掲げられ、ドイツ国歌が斉唱されるとき、私の心も一瞬キュンとなり、誇らしく、果てしなく、幸せな満たされた気分になったものだ。そんなとき、やはりこれが私の国歌なのだと確信せずにはいられない。

さてこのドイツ国歌の歴史を少しお話してみたい。歌詞は1841年に、アウグスト ハインリッヒ ホフマン フォン ファラースレーベンという、ドイツ文学者がドイツ最北端の北海の島、ヘルゴランドで創り、メロディーは1796年から1797年にかけ、今も著名なヨゼフ ハイドンがウィーンで創った。

しかし1945年、第2次世界世界大戦後、国粋主義的、修正主義的、人種差別的という理由で、この国歌の1番と2番を歌うことが禁止され、1952年に、ドイツ大統領のテオ

ドール　ホイスと、ドイツ第一代首相のコンラート　アデナウワーが国家行事の際に3番のみを歌うことを導入した。

1991年の東西ドイツの再統一の後には、リヒャルト　フォン　ワイツゼッカー大統領と、まだ記憶に新しいCDU党のヘルムート　コール首相により、3番の歌詞だけをドイツ連邦共和国の国歌とすることが公式に取り決められた。そこで気になるのは1番の2番の歌詞の内容だが、これも賛否両論で、何も国家主義的な内容ではない、という人もいれば、ドイツが世界一……という感触が見え見えなのでこのような文言は禁句であるという人もあり、サッカーのドイツナショナルチームのイレブンが試合前に歌うのも、必ずこの3番だけである。

ナショナルチームといっても、ドイツのパスポートを所持している外国人などで、このごく短い、3番の歌詞すら頭に入っておらず、歌うことのできないプレーヤーを見ることが多々あり、そんなときには、残念と思う気持ちと、自分の国の国歌ぐらい暗唱すべきではないかという腹ただしさが沸き上がることがある。このような歴史的背景を踏まえ、あえて1番、2番、3番と区別することは止めにして、ともかく、公式のドイツ国歌のドイツ語と日本語訳を記することにする。

Einigkeit und Recht und Freiheit 統一と正義と自由を
Für das deutsche Vaterland! 父なる祖国ドイツのために
Danach lasst uns alle streben そのために我々は皆で
Brüderlich mit Harz und Hand! 兄弟の如く心と手を用いて努力しようではないか
Einigkeit und Recht und Freiheit 統一と正義と自由は
Sind des Glückes Unterpfand; 幸福の証である
/: Blüh' im Glanze dieses Glückes, その幸福の輝きの中で栄えよ
Blühe, deutsches Vaterland! :/ 父なる祖国ドイツの栄光を祈って

■ 著者紹介

クララ（Clara）、1953年（昭和28年）札幌市生まれ。

札幌藤女子中学高等学校を経て、1976年　学習院大学文学部独文科卒業。

道立札幌医科大学微生物学教室に教授秘書として勤務の後、渡独。1979年10月より1980年7月まで、ドイツ、ハイデルベルク大学独文科在籍。1980年、ドイツ、ケルン市にて結婚。1981年より現在に至るまで、ドイツ、フランクフルト　アム　マイン市在住。フリーランスとして、日本語教師、メッセ通訳、翻訳、観光ツアーガイド。日系航空会社勤務。ドイツのホテルでセールス担当として勤務。日系旅行エイジェント勤務。ドイツ年金受給まで日系ホテルチェーンに勤務し、ホテル建設に携わる。

私の国歌

［発行日］
2024（令和 6）年4月6日　第1刷発行

［著　者］
クララ〈Clara〉

［発行元］
株式会社 共同文化社
060-0033 札幌市中央区北3条東5丁目
Tel.011-251-8078 Fax.011-232-8228
https://www.kyodo-bunkasha.net/

［印刷・製本］
株式会社 アイワード

ISBN978-4-87739-401-1